JAGD
AUF DEN
SEELENFÄNGER

 # WESTLERODA

LUND   KAMOR   ARDEN KALHAMAR

Bucht
von Sala

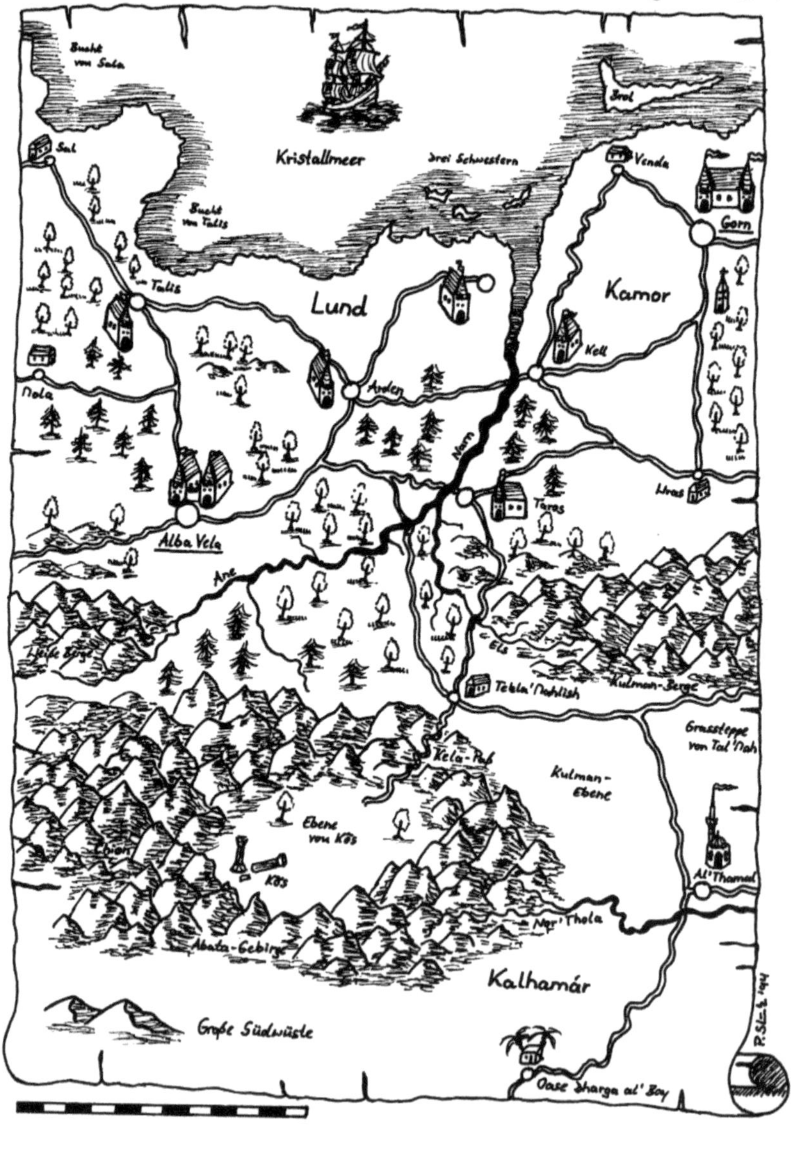

Sal

Bucht
von Talis

Talis

Nola

Alba Vela

Helle Berge

Chion

Ebene
von Kös

KÖS

Abata-Gebirge

Große Südwüste

Kristallmeer

Drei Schwestern

Lund

Arden

Ane

Srol

Venda

Gorn

Kamor

Koll

Taros

Livas

Tebla'Nahlish

Vela-Rok

Kulman-Berge

Kulman-
Ebene

Grassteppe
von Tal'Nah

Ngr'Thola

Kalhamár

At'Thamel

Oase Sharga al'Boy

R. Stark '99

PATRICIA STRUNK

Jagd auf den Seelen Fänger

EIN INTERAKTIVES FANTASY-ABENTEUER

Bibliographische Information der Deutschen Nationalbibliothek:
Die Deutsche Nationalbibliothek verzeichnet diese Publikation in der
Deutschen Nationalbibliographie; detaillierte bibliographische Daten
sind im Internet über http://dnb.dnb.de abrufbar.

Patricia Strunk, Jagd auf den Seelenfänger, Ein interaktives Fantasy-
Abenteuer
Originalausgabe
© 2022 Patricia Strunk
Alle Rechte vorbehalten.
Covergestaltung und Illustrationen:
Patricia Strunk
Coverabbildungen:
iStock (Katakomben: designprojects, Kristallkugel: 31moonlight31)
zusätzliche Illustrationen:
iStock (Gasse: maingirl, Unterirdischer Gang: ericb007, Kreisornament:
Iryna Stoiushko, Zierrahmen: Dmitry Zyrin, Löwe: Bohdan Petrusko)
Herstellung & Verlag:
BoD – Books on Demand, Norderstedt

ISBN: 978-3-7557-8261-2

PROLOG

Du bist die Tochter eines Kriegsherrn aus dem östlichen Lund. Als dein Vater vor einem Jahr bei einem Jagdunfall tödlich verunglückte, holte dich dein Onkel Beren, ein Ritter aus dem Gefolge des Königs von Kamor, zu sich auf die Königsburg in Gorn.

Du lebst gern auf der Königsburg, auch wenn du dich nur schwer daran gewöhnst, dass es hier nicht so ungezwungen zugeht wie bei dir zu Hause. Schon mehrere Male hast du ungewollt für Heiterkeit und Missbilligung gesorgt. In Gorn ist es nicht üblich, dass eine Dame im Herrensattel zur Jagd reitet. Dafür haben deine Schießkünste selbst bei den Rittern Aufsehen erregt. Die letzte Jagd hast du sogar gewonnen und König Amrar hat dir persönlich den Siegerring an den Finger gesteckt!

Der König ist ein gütiger Herrscher, der beim Volk äußerst beliebt ist. Zu seinem Unglück hat er keine Kinder, da seine Frau genau wie deine Mutter früh gestorben ist und er trotz des Drängens seiner Berater nie wieder geheiratet hat. Er müsste längst einen Erben benannt haben. Dein Onkel glaubt, dass sich am liebsten Amrars ehrgeiziger Hofmagier Mogreb auf dem Thron sähe. Doch obwohl der König ihn als Berater und Schachpartner schätzt, hat er bisher nicht in Erwägung gezogen, ihm die Führung seines Reiches anzuvertrauen.

Glücklicherweise, denkst du im Stillen. Du kannst nicht verstehen, was Amrar überhaupt an Mogreb findet. Der Magier besitzt eine düstere Ausstrahlung. Unter seinem stechenden Blick fühlst du dich jedes Mal unwohl. Zum Glück siehst du ihn nicht allzu oft, da er die meiste Zeit in seiner Studierstube im Nordturm verbringt. Du willst dir gar nicht vorstellen, womit er dort herumexperimentiert.

Dein Onkel hält ihn jedenfalls für gefährlich. Seiner Meinung nach sucht Mogreb nur nach einer passenden Gelegenheit, um die Macht im Reich an sich zu reißen. Er und einige andere Berater haben den König mehrfach davor gewarnt, dem Magier sein Vertrauen zu schenken, doch Amrar will davon nichts hören.

WIE MAN SICH IN LERODA DURCHSCHLÄGT

In diesem Buch übernimmst du die Rolle der Heldin und musst am Ende jeder Station selbst entscheiden, wie es weitergehen soll. Lies deshalb nur die Stationen, die dir der Spielverlauf vorgibt! Wenn du die Stationen in numerischer Reihenfolge liest, ergeben sie keinen Sinn. Du bringst dich höchstens um den Spaß, wenn du auf diese Weise an Informationen gelangst, die du auf deinem eingeschlagenen Weg nicht oder erst später erhalten hättest.

Es gibt mehrere Möglichkeiten, durch das Buch zu kommen, aber manche Wege sind gefährlicher als andere und der Besitz einer Reihe von Gegenständen ist für das Bestehen deines Abenteuers unerlässlich. Wahrscheinlich wirst du mehrere Anläufe benötigen, um deine Aufgabe zu bewältigen. Damit du es bei zukünftigen Abenteuern leichter hast, kann es sich als nützlich erweisen, einen Plan anzufertigen. Notiere außerdem alle Dinge, die du unterwegs findest, kaufst oder auf andere Weise erhältst, im Charakterblatt auf der übernächsten Seite. Es empfiehlt sich, die Eintragungen mit Bleistift vorzunehmen oder das Blatt zu kopieren, damit du es auch für spätere Abenteuer zur Verfügung hast.

Auf deiner Reise wirst du einige Rätsel knacken müssen. Wenn du die richtige Zahl gefunden hast, beginnt die Station mit den Worten: „Glückwunsch, du hast das Rätsel gelöst!" Falls du einmal nicht weiterweißt, findest du die Lösungen zu sämtlichen Rätseln ganz am Ende des Buches.

LEBENSPUNKTE

Achte immer auf deine Gesundheit! Du beginnst dein Abenteuer mit **10 Lebenspunkten**. **Trage sie in dein Charakterblatt ein.** Auf deiner Reise kannst du Punkte verlieren oder gewinnen. Folge an den entsprechenden Stellen den Angaben im Text. Es ist wichtig, dass du jede Änderung im Protokoll vermerkst, denn sie kann sich auf den weiteren Verlauf deines Abenteuers auswirken. Unterwegs wirst du immer wieder Heiltränke und ähnliches finden oder erwerben können, die dir verlorene Punkte zurückbringen. Sollten deine Lebenspunkte dennoch irgendwann auf 0 sinken, stirbst du und dein Abenteuer ist zu Ende. Also sieh dich vor!

GELD

Die gängigen Zahlungsmittel in Kamor sind Talente und Gulden, wobei ein Talent den Wert zweier Gulden besitzt. Du wirst zu Beginn des Spiels eine ausreichende Menge Geld erhalten. Dies sollte dich aber nicht dazu verleiten, allzu großzügig damit umzugehen, denn auch in Leroda braucht sich das Geld oft rascher auf, als einem lieb ist.

Wenn du die Grenze nach Kalhamar überschritten hast, wird mit Teshrah bezahlt. Der Wert eines Teshrahs entspricht dem eines kamorischen Guldens.

Folgende Abkürzungen für die Münzen werden im Spiel verwendet: G = Gulden, Ta = Talent, T = Teshrah.

Viel Glück auf dem Weg! Möge eure Mission von Erfolg gekrönt sein!

CHARAKTERBLATT

LEBENSPUNKTE

GELD

PFEILE

GEGENSTÄNDE UND INFORMATIONEN

1 Du sitzt neben deinem Onkel in der Großen Halle und wartest mit dem Rest der Hofgesellschaft darauf, dass die Abendtafel eröffnet wird. Da Beren als verdienter Ritter und Berater der Krone eine hohe Position innehat, genießt ihr das Privileg, an der Tafel des Königs zu speisen. Doch heute verzögert sich der Beginn des Essens. Mogrebs Platz neben Amrar bleibt leer. Unbehaglich fragst du dich, was das zu bedeuten hat. Auch dein Onkel ist beunruhigt, dass der Magier den König ohne Entschuldigung warten lässt. Mit halbem Ohr lauschst du den zotigen Witzen, die der Ritter zu deiner Linken mit seinem Tischnachbarn austauscht, während du immer wieder nervös zur Tür hinübersiehst.

Dir gegenüber knetet Sandrick, Mogrebs Neffe und ungeliebter Lehrling, seine Serviette. Der hoch aufgeschossene Junge mit dem wirren braunen Haarschopf, der ungefähr in deinem Alter ist, lebt erst seit gut vier Monaten auf der Burg. Mogreb war als letzter lebender Verwandter mehr oder weniger gezwungen, ihn aufzunehmen, nachdem die Pest Sandricks Eltern dahingerafft hatte. Eure Schicksale sind also gar nicht so verschieden. Bislang hattest du nur kaum Gelegenheit, ihn näher kennen zu lernen, da er den Tag gewöhnlich mit seinem Onkel in dessen Studierzimmer verbringt, wo er ihm bei seinen Experimenten assistieren und ihn von vorn bis hinten bedienen muss.

Die Minuten verstreichen. Die Höflinge und ihre Damen tauschen irritierte Blicke und rutschen unruhig auf ihren Sitzen hin und her. Schließlich verliert der König die Geduld und bedeutet den Dienern, das Essen aufzutragen. Als das Dessert gereicht wird, ist Mogreb noch immer nicht erschienen. Verstimmt beauftragt Amrar Sandrick, sich bei seinem Onkel nach dem Grund für dessen Fortbleiben zu erkundigen.

Es dauert lange, ehe der Zauberlehrling zurückkehrt. Stotternd erklärt er dem König, dass er seinen Onkel nirgends habe finden können. Auf Mogrebs Schreibtisch habe jedoch ein Brief gelegen, der an den König gerichtet sei. Stirnrunzelnd bricht Amrar das Siegel und entrollt das Pergament. Während er liest, vertiefen sich die Runzeln zu steilen Falten. Der Brief kann kaum erfreuliche Neuigkeiten beinhalten.

Die Edelleute beginnen zu tuscheln. Neugierige Augenpaare wenden sich zum Kopfende der Tafel.

Endlich lässt Amrar das Pergament sinken und reicht es an deinen Onkel weiter. „Was haltet Ihr davon, Beren?"

Verstohlen versuchst du, Mogrebs Brief über den Arm deines Onkels hinweg zu lesen.

Ich entbiete Euch zum letzten Mal demütige Grüße, mein König. Die Mühen meiner Forschungen wurden endlich belohnt. Das Schicksal war so gütig, mir den Schlüssel zum Ruheort des Seelenfängers in die Hände zu spielen. Da Ihr Euch bedauerlicherweise nicht dazu durchringen konntet, mich freiwillig zu Eurem Nachfolger zu ernennen, bin ich gezwungen, selbst zu handeln. In Kürze wird der Schwarze Kristall mir den Weg zum Thron ebnen. Schachmatt, Amrar! Genießt Eure letzten Tage als Herrscher von Kamor!

Mogreb

Beinahe vermeinst du, Mogrebs höhnisches Lachen zu hören, und ein kalter Schauder läuft dir über den Rücken. Der Seelenfänger! Seit deiner Kindheit hast du darüber unzählige Geschichten gehört. Alte Legenden berichten, dass der Schwarze Druide Tulmar vor drei Jahrhunderten aus Kälte und Dunkelheit einen Kristall erschuf, mit dessen Hilfe er die Welt beherrschen wollte. Jeder, der in seine schwarzen Tiefen blickte, verlor seine Seele an den Kristall und wurde zum willenlosen Werkzeug seines Besitzers. Doch Tulmar wurde von seinen eigenen Gefolgsleuten, die seine wachsende Macht fürchteten, verraten. Sie verbündeten sich mit den Weißen Druiden und König Karein, einem Vorfahren Amrars. In der Tempelanlage von Kōs im Norden Kalhamars kam es zum entscheidenden Kampf. Die Chronisten berichten, dass der Schwarze Kristall nach Tulmars Tod von den Anführern der Weißen Druiden zerstört wurde. Ist Mogrebs Brief nur ein Bluff – eine Drohung, um den König dazu zu bringen, ihn als Nachfolger einzusetzen? Oder steckt mehr dahinter?

„Entweder Mogreb hat den Verstand verloren oder er weiß etwas, das wir nicht wissen", murmelt dein Onkel. Er neigt sich zu Amrar. „Wir sollten vorerst nichts verlauten lassen, solange wir nichts Genaueres wissen, mein König", sagt er halblaut.

Der König nickt. Ohne die Neugier der Höflinge zu befriedigen, hebt er die Tafel auf und bedeutet Beren und Sandrick, ihm zu folgen.

Du bleibst allein zurück. Während du zusammen mit den anderen Edelleuten den Saal verlässt, überlegst du, was du tun sollst.

Willst du in deinem Zimmer auf deinen Onkel warten, → **389**.

Gehst du in die Bibliothek, um nach einem Buch über den Kristall zu suchen, → **422**.

Möchtest du dich auf eigene Faust in Mogrebs Gemächern umsehen, → **319**.

2 Du beginnst dich unwohl zu fühlen. Kurze Zeit später überfallen dich heftige Magenkrämpfe. Sir Bol legt dir erschrocken einen Arm um die Taille. „Thayet, was-?"
„Das Brunnenwasser", stöhnst du. Die Schmerzen werden immer heftiger.
„Bei Sgar, was sollen wir tun?" Sandrick ringt die Hände.
„Vielleicht hilft das Wasser aus der anderen Quelle."
„Aber es könnte ebenfalls giftig sein", wendet Sir Nokta ein.
Möchtest du Sandricks Vorschlag folgen und aus der anderen Quelle trinken, → **230**.
Willst du das nicht, → **84**.

3 Glückwunsch, du hast das Rätsel gelöst!
Du und Sandrick seht euch an, bevor ihr erneut gemeinsam die Antwort gebt.
„Wieder richtig", meint der Greis lächelnd. „Wenn ihr auch das letzte Rätsel lösen könnt, gehört der Drache euch. Hört nun gut zu!
Ein Bauer besaß drei Töchter. Als die Älteste heiratete, gab er ihr als Mitgift die Hälfte seines Grundbesitzes und einen weiteren Hektar. Der zweiten Tochter schenkte er zu ihrer Hochzeit die Hälfte des übrig gebliebenen Landes und zwei weitere Hektar. Der jüngsten Tochter schließlich gab er als Mitgift die Hälfte des restlichen Grundbesitzes und noch drei Hektar dazu. Er selbst behielt elf Hektar Land. Wie viele Hektar besaß der Bauer am Anfang?"

Erwartungsvoll sieht euch der alte Mann an.
Weißt du die Antwort, **lies bei der Lösungszahl weiter.**
Weißt du die Antwort nicht, → **45**.

4 Kurz darauf zweigt auf der rechten Seite ein Stollen ab. In einiger Entfernung schimmert Tageslicht. Der Mineneingang! Ihr seid im Kreis gelaufen.
Geht ihr weiter geradeaus, → **293**.
Kehrt ihr um und folgt dem Gang in der entgegengesetzten Richtung, → **116**.

5 Du befiehlst den Kristallsklaven, deine Gefährten in Mons Tempel zu bringen. Im Labyrinth ist dir jedes Zeitgefühl abhandengekommen. Ist heute der richtige Tag? Im ersten Moment fällt dir nichts Ungewöhnliches auf, doch dann siehst du, dass die Luft vor der hinteren Wand flirrt wie in großer Hitze. Mit klopfendem Herzen steckst du deine Hand in die wabernde Luft. Sie verschwindet im Nichts! Erschrocken ziehst du sie zurück – sie ist unversehrt.
Du hast keine Ahnung, wie lange das Tor offenbleiben wird, aber du musst dich auf jeden Fall beeilen.
Du winkst Sandrick zu dir. „Wenn unsere Gefährten erwachen, sag ihnen, dass ich in der Anderswelt bin, um Agathos und Epicharis zu suchen und Liors Hammer zu holen. Sir Nokta wird schon verstehen. Sag' ihnen, dass ich so schnell wie möglich zurückkehren werde und dass sie sich keine Sorgen machen sollen. Und pass auf sie auf!" Du umarmst ihn kurz. „Bald bist du wieder frei, Sandrick, ich verspreche es."

Du vermeidest es, in seine toten Augen zu blicken, und trittst mit einem Kribbeln im Magen durch das Tor. → **365**.

6 Du beobachtest die drei Wachen, die an einem Tisch in der Mitte des Raumes Karten spielen und Bier trinken. Sie machen den Eindruck, als würden sie beides schon eine geraume Weile tun. Auf einmal fühlst du in deinem Mieder das Vergiss-mich-Kraut. Wenn ihr die Wachen herlocken und ihnen etwas davon in den Wein mischen könntet, lassen sie euch vielleicht frei. Du erläuterst den anderen deinen Plan.

„Aber wie sollen wir die Wächter dazu bringen, uns den Bierkrug zu geben?", fragt Sir Bol.

„Wir müssen ihnen etwas dafür bieten", erwidert Sandrick.

„He, ihr da!", ruft er zu den Wächtern hinüber. „Wir sind auch durstig! Wenn ihr uns etwas von eurem Bier gebt, führe ich euch ein paar magische Spielereien vor!"

Entscheide dich, ohne vorher nachzusehen, ob du zu Station **157** oder zu Station **420** gehen willst, und lies dort weiter.

7 Die Tür führt in einen kleinen Raum, in dem ein alter Tisch und einige wackelige Stühle stehen. Auf einem Wandbord liegen **zwei Fackeln** und eine **Zunderbüchse**. Wenn du möchtest, kannst du etwas davon mitnehmen. Da es sonst nichts Interessantes zu sehen gibt, verlasst ihr den Raum und folgt weiter dem Gang. → **89**.

8 Du drückst das Ornament nach innen. Damit besiegelst du euer Schicksal. Ehe du ein weiteres Ornament ausprobieren kannst, spießen euch die Stacheln auf.
Dein Abenteuer endet hier.

9 Als ihr das Gasthaus verlasst, entdeckst du ganz am Ende der Gasse einen kleinen Kräuterladen, der dir gestern Abend gar nicht aufgefallen ist.
Möchtest du den Laden betreten, → **61**.
Interessiert dich der Laden nicht weiter, → **127**.

10 Du springst auf die erste Platte. Aus der Wand zischt ein kleiner Pfeil und bohrt sich in deine Schulter. **Du verlierst 1 Lebenspunkt.** Offenbar war dies die falsche Wahl. Du hast das Gefühl, dass es jetzt nicht mehr darauf ankommt. Mit großen Sätzen springst du über die Platten. Überall schießen jetzt Pfeile aus der Wand. **Du musst dir 3 weitere Lebenspunkte abziehen.** Endlich erreichst du sicheren Boden.
„Aber meine Liebe", hörst du Mogrebs hämische Stimme hinter dir, „ich habe dich für klüger gehalten. Es ist doch

eindeutig, in welcher Reihenfolge die Steinplatten zu betreten sind."

Du kochst vor Wut. Er kannte die richtige Reihenfolge und hat dich in die Falle laufen lassen!

Unbeschadet überquert der Magier das Bodenmuster, dicht gefolgt von Sandrick. → **400**.

11 An den Ständen hängt und liegt eine reiche Auswahl an farbenprächtigen Stoffen aus. Doch du suchst etwas anderes. Schließlich wirst du bei einer Frau fündig, die fertig genähte Kaftane verkauft.

Sandrick lacht. „Damit erkennt uns bestimmt keiner."

Ihr kauft zwei Kaftane mit Kapuze. (Du musst nichts von deinem eigenen Geld nehmen, da Sir Bol für euch bezahlt.) Anschließend geht ihr weiter zu den Tierauktionen. → **153**.

12 Der Zugang zur mittleren Nische wird durch ein gewaltiges Spinnennetz versperrt. Die beiden anderen Nischen scheinen auf den ersten Blick leer zu sein.

Wollt ihr das Netz zerreißen, → **44**.

Erkundet ihr die linke Nische, → **255**.

Werft ihr einen Blick in die rechte Nische, → **331**.

Geht ihr weiter, → **139**.

13 Ihr kehrt zur Kreuzung zurück.
Geht ihr weiter geradeaus, → **147**.
Biegt ihr in den rechten Tunnel ein, → **394**.

14 Nach wenigen Schritten endet der Gang. Als ihr nach oben blickt, entdeckt ihr etwa drei Meter über euch eine Öffnung in der Felswand. Offenbar geht der Weg dort oben weiter. Da jedoch nirgends eine Leiter steht, bleibt euch nichts anderes übrig, als zur Abzweigung zurückzukehren.

Geht ihr weiter geradeaus, → **280**.

Wendet ihr euch nach rechts, → **393**.

15 Die kleine Amphore ist mit einem Korken verschlossen. Als du sie öffnen willst, fällt dir das Pergamentröllchen auf, das an einem der Henkel befestigt ist. Neugierig rollst du es auseinander. *Ghora tu whata – erwachet, Ihr Dschinnkrieger!*, entzifferst du mühsam die altertümlichen Schriftzeichen. Beeindruckt drehst du die Amphore hin und her.

„Sieh dir das an, Sandrick! Das scheint so etwas wie eine magische Armee zu sein."

„Nachtschatten, das klingt wirkungsvoll! Nimm den Krug mit!"

Wollt ihr jetzt die Truhe öffnen, → **362**.

Klettert ihr lieber zurück nach oben, → **266**.

16 Knurren und Fauchen lassen dich aufblicken. Aus den Schatten taucht eine abscheuliche Kreatur mit fledermausähnlichen Schwingen auf. Sie segelt dicht über eure Köpfe hinweg und schlägt mit messerscharfen Klauen nach euch. Die beiden Ritter ziehen ihre Waffen.

Ein zweites dieser Geschöpfe lässt sich von der Decke über euch fallen und greift Sandrick und dich an. Mogrebs Neffe versucht, das Ungeheuer abzulenken, während du deinen Bogen in Position bringst. Doch das Wesen ist verflixt schnell!

Zielst du auf seine Brust,→ **382**.

Zielst du auf eine seiner Schwingen, → **143**.

Hast du keine Pfeile mehr, → **82**.

17 Die Felskugel hat euch beinahe eingeholt, als du einen Quergang entdeckst. Ihr hechtet hinein. Der Brocken rollt an euch vorbei und donnert mit solcher Wucht gegen die Felswand, dass der ganze Stollen erzittert. Deine Knie sind so wackelig, dass du dich an der Wand abstützen musst. Sandrick lehnt sich keuchend neben dich.

„Bei allen Göttern, das war knapp", stöhnt Sir Bol, während er sich den Schweiß von der Stirn wischt.

Sir Nokta betrachtet ungläubig den Felsbrocken. „Dieses Labyrinth ist der reinste Wahnsinn! Wer denkt sich so etwas aus?"

„Offenbar lag den Priestern viel daran, dass niemand die Ruhe ihrer Toten stört, mein lieber Nokta", schnauft Sir Bol. „Aber die meisten Fallen dürften den vernebelten Hirnen der Schwarzen Druiden entsprungen sein."

Der Querstollen endet nach wenigen Metern an einer Wand. Notgedrungen kehrt ihr um und quetscht euch an der Felskugel vorbei, um weiter dem ursprünglichen Gang zu folgen.

Lautes Rasseln lässt dich herumfahren. Hinter euch ist ein Fallgitter heruntergelassen worden. Unwillkürlich stellen sich die Härchen auf deinen Armen auf. Hoffentlich hält der Weg voraus nicht noch mehr Fallen bereit. →223.

18 Wollt ihr den Raum betreten, → 112.
Kehrt ihr lieber um, → 398.

19 „Gruß dir!", ruft Sir Nokta die junge Frau an.
Statt einer Antwort stößt sie einen angstvollen Schrei aus und flüchtet ins Haus.

Der Ritter runzelt die Stirn. „Sehe ich so Furcht einflößend aus?"

Aus dem Stall kommt ein kräftig gebauter Mann gelaufen, in der Hand einen Rechen.

Sir Nokta hebt die Hände. „Wir wollen euch nichts Böses, guter Mann. Mein Name ist Sir Nokta und dies sind meine Begleiter." Er zeigt dem Bauern seinen Ring mit dem Wappen der kamorischen Könige.

Der Mann verbeugt sich. „Man nennt mich Karom. Bitte verzeiht meiner Frau Nerla."

Nerla?

„Sag, Karom, hat deine Frau eine Schwester namens Ja'ana?", fragst du euren Gastgeber geradeheraus.

Überrascht sieht er dich an. „Ja, Nerlas Schwester heißt Ja'ana. Kennt Ihr sie?"

„Nein, aber wir waren auf dem Weg zu ihr", schaltet sich Sir Nokta ein. „Sie oder deine Frau besitzt ein altes Amulett, das über Sieg oder Niederlage entscheiden kann."
→ 303.

20 Es wird bereits dunkel, und du bist hungrig, als ihr endlich Wras erreicht. Es ist ein hübscher kleiner Ort mit einem gepflegten Gasthof. Im Schankraum sitzen nur wenige Leute. Für 2 Gulden kannst du dir etwas zu essen bestellen (**streiche in diesem Fall die entsprechende Anzahl Münzen aus deinem Protokoll**). Die Unterhaltung verläuft schleppend und ihr geht zeitig zu Bett (**streiche** für das Zimmer **3 Talente aus deinem Protokoll**). Obwohl du müde bist, gelingt es dir nicht einzuschlafen. Du öffnest das Fenster und atmest die frische Luft ein, dann legst du dich wieder ins Bett und beginnst, Schafe zu zählen. Leider nehmen sie nach und nach Mogrebs Gestalt an. Schließlich musst du aber doch eingeschlafen sein, denn als dein Onkel am nächsten Morgen an deine Tür klopft, schreckst du aus einem wirren Traum auf.

Nach einem raschen Frühstück verlasst ihr den Gasthof.

Im Ort wird gerade der wöchentliche Markt abgehalten. Zwei Stände erregen deine Aufmerksamkeit: ein Händler, der Ausrüstungsgegenstände aller Art anbietet, und eine Kräuterfrau.

Möchtest du bei der Kräuterfrau halten, → **104**.

Interessierst du dich mehr für die Ausrüstungsgegenstände → **67**.

Willst du nicht anhalten, → **142**.

21 Taumelnd gelingt es dir, festen Boden unter die Füße zu bekommen. Auch die anderen haben es über die einstürzenden Steinplatten geschafft.

„Diesmal hatten wir mehr Glück als Verstand", sagt Sir Bol. „Von jetzt an sollten wir besser darauf achten, wohin wir treten. Jeder Schritt hier unten könnte unser letzter sein."
→ **168**.

22 Du steckst die Platte ein, um später Sandrick danach zu fragen.
Wo willst du mit deiner Suche fortfahren?
Bei den Regalen, → **294**.
Beim Tisch in der Mitte, → **287**.
Beim Kamin, → **193**.
Im Schlafzimmer, → **324**.
Möchtest du deine Suche beenden, → **389**.

23 Vorsichtig ziehst du den Ring ab. Dabei berührst du versehentlich einen Finger Sgars. Kaum bist du zurückgetreten, als sich die Augen der Statue öffnen. Der Gott erwacht zum Leben! Mit ruckartigen Bewegungen schleudert er den Keiler auf dich. Du kannst gerade noch ausweichen. Im nächsten Moment zieht Sgar einen silbernen Dolch aus seinem Schurz und geht zum Angriff über. Ohne zu überlegen, springt ihr zurück durchs Feuer. Glücklicherweise folgt euch der Gott nicht.

„Thayet, Euretwegen habe ich bald noch mehr graue Haare", tadelt dich Sir Nokta.

Du machst ein zerknirschtes Gesicht, während du den **Ring mit dem blauen Stein** an deinen Finger steckst.

Ihr lauft zurück zur Kreuzung. Dort könnt ihr euch entweder nach links wenden (→ **318**) oder nach rechts (→ **24**).

24 Kurze Zeit später teilt sich der Weg.
Geht ihr nach links, → **208**.
Schlagt ihr den rechten Weg ein, → **246**.

25 Der Gang steigt langsam an. Nach etwa fünfzig Metern endet er in einem quadratischen Raum.
Wart ihr schon einmal hier?
Falls ja, → **83**.
Wenn nicht, → **136**.

26 Gebannt schaust du zu, wie der Zauberer mit den Händen komplizierte Muster in die Luft webt und dazu leise vor sich hinmurmelt. Vor seinen Füßen steigt Rauch auf, der sich um seine Beine nach oben windet und ihn einhüllt. Als sich der Rauch verzieht, ist der Mann verschwunden. Die Menge applaudiert. Als du jedoch aus deinem Rucksack eine Münze holen willst, um sie auf das

auf dem Boden ausgebreitete Tuch zu werfen, stellst du erschrocken fest, dass dein Geldbeutel fehlt. Du wurdest bestohlen! **Streiche dein gesamtes Geld sowie den letzten und zwei weitere Gegenstände nach Wahl aus deinem Charakterblatt!**
→ **181**.

27 Die Tür ist unverschlossen. Der Durchgang ist so niedrig, dass du den Kopf einziehen musst. Auch im Innern der Hütte ist alles viel niedriger, als du es gewohnt bist. Fast wie für Kinder gemacht. Die Leute, die hier leben, müssen kleingewachsen sein.
Auf dem Tisch liegen Brot und Käse, daneben stehen ein Krug und zwei Becher. Es sieht so aus, als habe jemand erst kürzlich den Tisch zum Essen gedeckt. Wahrscheinlich werden die Bewohner jeden Moment zurückkehren. Du verlässt die Hütte und gehst zum Eingang der Mine, weil du sie von dort erwartest. → **140**.

28 Du wirfst dich auf den Boden. Über dich schwingt eine gewaltige Pendelklinge hinweg. Beinahe hätte sie dich geköpft!
„Was für ein Ort!", stöhnt Sir Bol, während er sich aufrichtet und den Staub von den Kleidern klopft.
Vorsichtig geht ihr weiter. Ohne weiteren Fallen zum Opfer zu fallen, erreicht ihr eine Kreuzung. Da der Weg geradeaus durch ein Fallgitter versperrt ist, könnt ihr euch entweder nach rechts wenden (→ **424**) oder nach links (→ **248**).

29 Die Schlüssel passen. Es klickt vernehmlich, als du sie nacheinander herumdrehst. Lautlos schwingen die beiden Türflügel auf. → **188**.

30 Nach etwa hundert Metern zweigt links ein neuer Tunnel ab.
Nehmt ihr die Abzweigung, → **377**.
Folgt ihr dem Stollen weiter geradeaus, → **125**.

31 Es gelingt dir, einen brennenden Ast aus dem Lagerfeuer zu ziehen. Du hältst ihn an die Ranken, die sich daraufhin krümmen und ihre Umklammerung lockern. Deine Gefährten folgen deinem Beispiel, und bald habt ihr die Gewächse zurückgetrieben. Doch ihr wagt es nicht mehr, in dieser Nacht ein Auge zu schließen. Sobald sich der erste helle Streifen am Himmel zeigt, brecht ihr auf.
„Wann werden wir da sein?", fragst du begierig und beklommen zugleich.
„Ich denke, heute Abend", antwortet Sir Bol. „Der Tempelbezirk liegt auf der anderen Seite des Tals."
Nach euren Erfahrungen in der Nacht meidet ihr Felsen und Baumgruppen, bemüht euch jedoch gleichzeitig, euch

nicht wie auf dem Präsentierteller zu bewegen – ein schwieriges Unterfangen. Auch ein vergebliches, wie ihr bald darauf feststellen müsst. Sir Noktas Pferd bleibt auf einmal abrupt stehen, als sei es gegen eine unsichtbare Mauer gelaufen.

„Was hast du denn, vermaledeiter Gaul?", ruft der Ritter unwillig. Gleich darauf zieht er verdutzt die Luft ein. „Was zum Henker-?" Er streckt eine Hand aus und tastet durch die Luft. „Eine Wand! Hier ist eine Wand!"

„Was?"

Sir Bol lenkt sein Pferd neben ihn. Seine ausgestreckte Hand wird von einem unsichtbaren Hindernis gestoppt.

„Das, das ist doch nicht möglich!"

Die Barriere fühlt sich eigenartig an, beinahe wie Pudding, aber die Landschaft dahinter wirkt nicht verzerrt.

„Wieder eine Falle?", fragst du.

Sir Bol, der sich in den Steigbügeln aufgerichtet hat und die Höhe der Barriere abzuschätzen versucht, reibt sich müde das Gesicht. „Vielleicht. Wenn es einen Durchlass gibt, sollen wir in eine bestimmte Richtung gelenkt werden. Diese Wand ist zu hoch, um sie zu überwinden."

In welcher Richtung wollt ihr an der unsichtbaren Barriere entlang reiten?

Nach Nordwesten, → **95**.

Nach Südosten, → **200**.

32 Du beschwörst in deinem Geist das Bild flirrender Luft, doch nichts verändert sich.

„Versucht es noch einmal!", sagt Agathos drängend. „Nur Ihr könnt das Tor wiederfinden, weil Ihr es geöffnet habt."

Du konzentrierst dich, so fest du kannst. Der schwarze Turm verschwindet. Vor euch wabert die Luft. Du hast das Tor wieder gefunden und es steht noch immer offen!
„Zeit, nach Hause zu gehen", sagst du lächelnd. → **430**.

33 Du bringst die äußeren beiden Scheiben in Position. Doch welches Zeichen musst du bei der inneren Scheibe ins Sichtfenster drehen?
Besitzt du eine kleine Figur der Itah, → **222**.
Hast du keine Götterfigur, → **145**.

34 Dein Schwung reicht gerade aus, um die andere Seite zu erreichen. Von der Kante lösen sich kleine Steine und prasseln mit einem hohlen Laut in die Tiefe, aber es gelingt dir, dich auf sicheren Boden zu ziehen. Erleichtert klopfst du dir den Staub von der Kleidung und gehst weiter. Kurze Zeit später wendet sich der Gang nach rechts. Einige Stufen führen hinauf zu einer Tür. Du drehst den Schlüssel herum, der im Schloss steckt, und drückst die Klinke nach unten – und stolperst beinahe in die Waffen deiner Freunde hinein.
„Thayet, den Göttern sei Dank, ist dir nichts passiert!", ruft Sandrick erleichtert.
Verdutzt lassen die Ritter ihre Schwerter sinken.
Sir Bols Gesicht verzieht sich zu einem Grinsen. „Ihr besitzt eine besondere Gabe, überraschend aufzutauchen, verehrte Dame."
Ihr seid erst wenige Schritte gegangen, als dich ein Rasseln herumfahren lässt. Ein Fallgitter hat euch den Rückweg abgeschnitten.

„Wer weiß, welche Überraschungen hier noch auf uns warten", murmelt Sandrick beklommen.

→ 107.

35 Die Mühle steht offenbar seit geraumer Zeit leer. Die Bespannung der Flügel ist zerrissen und irgendjemand hat mehrere Holzlatten herausgebrochen. Die Fensterläden des danebenliegenden Wohnhauses hängen schief in den Angeln und schlagen bei jedem Windstoß gegen die Mauer. Ihr bindet die Pferde an einem großen Eisenring neben der Tür an, bevor ihr deinem Onkel ins Innere des Hauses folgt. Sir Bol bleibt als Wache zurück. Die Räume sind staubig, doch ein Gewirr von Fußspuren zeugt davon, dass sich vor kurzem mehrere Leute hier aufgehalten haben.

„Vielleicht ebenfalls Reisende, die Zuflucht vor Wind und Wetter gesucht haben", meint Sandrick. „Lasst uns Feuer machen, damit wir unsere Sachen trocknen können. Holz ist genug da."

Dein Onkel und die anderen Ritter werfen sich vielsagende Blicke zu. „Besser, wir zünden kein Feuer an", sagt Sir Silan. „Der Rauch wäre von weitem zu sehen."

Sandricks Kopf schnellt herum. „Ihr meint ... die Räuber ..."

Du siehst, wie sich sein Kehlkopf bewegt, als er schluckt. „Na großartig."

Bleibt ihr in der Mühle, → 56.

Reitet ihr weiter, → 412.

36 Du klopfst an die Tür. Ihr hört ein Poltern, dann ein irres Lachen. Erschrocken seht ihr euch an.

Du bist kaum zurückgetreten, als die Tür aufgerissen wird und ein bärtiger Mann herausstürzt. Er schwingt eine gewaltige Axt über den Kopf und rollt wild mit den Augen. „Ja, kommt nur her, verfluchtes Gesindel!", brüllt er wie von Sinnen und lässt die Axt nach unten sausen.
Rollst du dich zur Seite, → **205**.
Springst du nach hinten, → **90**.

37 Du triffst eine Entscheidung. „Geht Ihr und Sandrick nach Tekla' Mahlish voraus, Sir Nokta. Ich werde den Stufen folgen. Ich muss wissen, was die Wahrsagerin gemeint hat."
„Oh, nein, das werdet Ihr nicht tun, Thayet! Verdammt, wenn Ihr meine Nichte wärt, würde ich Euch eine Tracht Prügel verpassen!"
„Dann habe ich ja Glück, dass ich das nicht bin", gibst du zurück. „Ich komme nach, so schnell ich kann."
Du lässt Sandrick und den fluchenden Ritter stehen und läufst über das struppige Gras auf die Stufen zu. „Wir treffen uns bei Ja'ana!", rufst du über die Schulter zurück.

„Warte, Thayet, ich komme mit!", hörst du Sandricks Stimme hinter dir.

„Du bist hoffnungslos verrückt, weißt du das?", sagt Mogrebs Neffe kopfschüttelnd, als er dich eingeholt hat.

Auf deinem Gesicht breitet sich ein idiotisches Grinsen aus. Du gibst gerne zu, dass du froh bist, Gesellschaft zu haben.

Ihr habt gerade die ersten Stufen erreicht, als Sir Nokta zu euch aufschließt. „Sgar verschone mich mit Töchtern", knurrt er. „Wenn Beren mir nicht bei lebendigem Leib die Haut abziehen würde, hätte ich gute Lust, Euch Eurem Schicksal zu überlassen."

Du musst lachen. „Onkel würde sicher nicht Euch die Schuld geben, Sir Nokta. Er beschwert sich regelmäßig, dass ich ihn zur Verzweiflung bringe."

Der Ritter brummt etwas, das klingt wie „das glaube ich aufs Wort".

Die Stufen – eigentlich eher Felsblöcke – winden sich einmal um den Gipfel herum. Ihr steigt höher und höher, bis deine Knie bei jedem Schritt protestieren. Der Tag geht langsam zur Neige und du fragst dich schon, ob deine Idee wirklich so gut war, als ihr endlich durch ein steinernes Tor auf einen Absatz tretet. Aus dem Maul eines grotesken Fabelwesens, das in die Felswand gemeißelt ist, ergießt sich Wasser in ein halbrundes Becken. Auf dem Beckenrand stehen mehrere bemooste Tonkrüge. Die meisten sind zerbrochen, doch einige scheinen noch gebrauchstauglich zu sein.

Möchtest du aus der Quelle trinken, → **277**.

Nimmst du etwas von dem Wasser mit, → **364**.

Rührst du das Wasser nicht an, →**161**.

38 Du drückst das Auge nach innen. Lautes Rumpeln lässt dich herumfahren. Die Wand gegenüber dem Gang versinkt im Boden. Dahinter siehst du die Halle, in der deine Gefährten liegen.

Falls du es noch nicht getan hast, kannst du jetzt das Auge von Sgars Pferd nach innen drücken, → **259**.

Kehrst du so lieber schnell wie möglich in die Halle zurück, → **58**.

39 Der nächste Angriff des Keilers verletzt dich am Bein. **Du verlierst 3 weitere Lebenspunkte.**

„So tut doch etwas, Onkel!", ruft Sandrick verzweifelt. „Wenn Ihr wollt, dass wir für Euch die Fallen aufspüren, solltet Ihr uns noch eine Weile leben lassen."

Mogreb murmelt etwas und malt dabei ein Zeichen in die Luft. Der Keiler erstarrt mitten in der Bewegung. Sandrick und du atmet erleichtert auf.

„Öffne den Ausgang!", befiehlt dir der Magier.

„Welchen Ausgang?", fragst du sarkastisch.

Sandrick weist auf den Keiler, der jetzt wieder reglos wie eine Statue dasteht. „Er trägt etwas um den Hals."

Vorsichtig näherst du dich dem Keiler. Sobald du das Halsband löst, gleiten auf der gegenüberliegenden Seite die Wände auseinander und geben den Blick auf einen weiteren Gang frei. → **335**.

40 Der Tempel ist ein hoher Bau mit einem eindrucksvollen Fußbodenmuster. Du erinnerst dich, dass König Karein nach seinem Sieg über Tulmar Kloster und Tempel gestiftet hat, um Sgar zu ehren.

Eine leise Stimme reißt dich aus deinen Gedanken. „Gefällt es Euch?"
Hinter dir steht einer der Mönche.
„König Karein selbst hat das Muster für den Boden entworfen", fährt er fort. „Die schwarzen Steinplatten symbolisieren das Böse, die weißen das Gute, das über das Böse triumphiert. Die in die weißen Platten eingravierten Buchstaben ergeben immer wieder Sgars Namen."
„Ich verstehe. Ja, es gefällt mir."
Du gehst nach vorne zum Altar. Obwohl du eher eine Anhängerin seiner Schwestergemahlin Itah bist, bittest du Sgar für den Weg, der vor euch liegt, um seinen Segen. Innerlich gestärkt machst du dich auf den Rückweg zum Speisesaal. → **137**.

41 Links verbreitert sich der Stollen zu einer Abbaukammer. Auf der gegenüberliegenden Seite zeigt eine Fackel an, dass der Tunnel dort weiterführt. Die Kammer selbst ist jedoch in Dunkelheit getaucht.
Bist du im Besitz einer Fackel und Zunder, → **60**.
Hast du so etwas nicht, → **300**.

42 Die Gefäße scheinen überwiegend Heiltränke und Salben zu enthalten. Welches möchtest du dir näher ansehen?
Eine schlanke blaue Flasche, → **135**.
Eine kleine grüne Flasche, → **386**.
Eine Amphore aus Ton, → **15**.
Einen Metalltiegel, → **217**.

43 Es wird rasch dunkler. Du bereitest dich schon darauf vor, die Nacht unter einem Baum zu verbringen, als vor euch ein kleines Steinhaus auftaucht, aus dessen Schornstein sich Rauch kräuselt. Vor dem Haus hat jemand ein Beet angelegt, auf dem üppige Blumen und Kräuter gedeihen. Das Anwesen macht einen friedlichen Eindruck, und ihr beschließt, die Bewohner zu fragen, ob ihr hier übernachten könnt.

Sir Nokta klopft an die Tür. Schlurfende Schritte sind zu hören, dann wird die Tür geöffnet. Vor euch steht eine gebeugte alte Frau, das weiße Haar von einem Kopftuch zurückgehalten. Sie wischt sich die Hände an einer fleckigen Schürze ab. Hinter ihrem Rock lugt ein kleines Mädchen hervor. Als du es anlächelst, steckt es schüchtern einen Finger in den Mund.

„Willkommen, willkommen!", krächzt die Alte freundlich. „Kommt herein! Fremde verirren sich selten hierher."

Ihr folgt der alten Frau ins Innere des Hauses. Die Einrichtung ist einfach, aber gemütlich. An den Wänden und von den Deckenbalken hängen Kräutersträuße. Ein herb-würziger Geruch liegt in der Luft und kitzelt dir in der Nase. Du musst niesen.

Eure Gastgeberin kichert. „Sie duften intensiv, meine Kräuter, nicht wahr? Wachsen alle hier in der Gegend. Wenn man weiß, wie man sie anwenden muss, sind sie sehr nützlich. Und manche auch wohlschmeckend."

Sie humpelt zur Feuerstelle und wirft einige Kräuter in einen Topf mit kochendem Wasser. Sofort durchzieht ein aromatischer Duft den Raum. „Wie wäre es mit einer guten, heißen Tasse Tee?"

Ihr nickt dankbar und setzt euch an den blank gescheuerten Tisch. Die Alte stellt eine Schale mit Gebäck vor euch hin, das einen feinen Anisgeruch verströmt. Kurz darauf bringt sie den Tee und gießt ihn in vier Schalen.

Möchtest du den Tee trinken, → **195**.

Probierst du eines von den Plätzchen, → **381**.

Rührst du nichts an, → **150**.

44 Sir Nokta zieht sein Schwert und schneidet durch die Weben. Plötzlich seilt sich eine faustgroße haarige Spinne von der Decke ab. Erschrocken weichst du zurück. Der Ritter durchtrennt ihren Faden und spießt sie auf, als sie zu Boden fällt. Du bist so auf den abscheulichen Anblick fixiert, dass du die zweite Spinne erst bemerkst, als sie direkt vor deinem Gesicht ist.

Springst du zur Seite, → **202**.

Weichst du nach hinten aus, → **343**.

45 Der alte Mann scheint enttäuscht, dass du das letzte Rätsel nicht lösen kannst, aber da du zwei

Fragen richtig beantwortet hast, darfst du dein gesetztes Geld wieder an dich nehmen. Auch Sandrick weiß die richtige Antwort nicht. Bedauernd kehrt ihr zu den anderen zurück. → **374**.

46 Nach mehreren Dutzend Schritten zweigt auf der linken Seite ein schmaler Gang ab.
Folgt ihr dem Quergang, → **291**.
Geht ihr weiter geradeaus, → **318**.

47 Das Schlangengift lähmt deine Beine. Die rettende Treppe schon in greifbarer Nähe, brichst du auf dem Boden zusammen. Sofort ringeln sich die Schlangen um deinen Körper. Wimmernd streckst du Sandrick deine Hand hin. Er versucht verzweifelt, dich hochzuziehen. Doch das Gift hat sich in deinem Körper schon zu weit ausgebreitet. Du verlierst das Bewusstsein. Sekunden später hört dein Herz auf zu schlagen.
Dein Abenteuer endet hier.

48 Mit angehaltenem Atem beobachtest du, wie sich die Tür öffnet – der König kommt herein, gefolgt von deinem Onkel und Sandrick. Erleichtert gehst du auf sie zu, um ihnen deinen Fund zu zeigen. → **71**.

49 „Eure Gäule könnt Ihr aber nicht mitnehmen", sagt die Gnomin mit einem Seitenblick auf die Tiere.

Das ist leider wahr. Eine Mine ist kein Ort für ein Pferd. „Würdest du auf sie Acht geben, wenn wir dich dafür bezahlen?" fragst du.

Sie denkt einen Augenblick nach. „2 Gulden pro Gaul."

„Gaul!", schnaubt Sir Nokta empört. „Mein Hengst ist kein Gaul. Und wehe dir, du versorgst ihn nicht anständig, Frau!"

„Werd' mich schon d'rum kümmern."

Ihr gebt der kleinen Frau das Geld (**streiche 2 Gulden aus deinem Protokoll**; hast du kein Geld, zahlt Sir Nokta für dich mit) und holt die nötigsten Dinge aus den Satteltaschen.

„Ich wette, sie verkauft Pferde und Sättel, kaum dass wir außer Sicht sind", murrt Sir Nokta.

Du hoffst inständig, dass er sich irrt, denn Stern bedeutet dir viel. Sie war ein Geschenk deines Vaters.

In der Mine brennen Fackeln. Dennoch braucht ihr eine Weile, bis sich eure Augen an das schummerige Licht gewöhnt haben. Ihr steht in einem breiten Stollen, der geradeaus in den Berg führt. Die Luft riecht nach feuchter Erde, Felsstaub und dem Pech der Fackeln. Einige Schritte weiter mündet der Gang in einen Querstollen.

Geht ihr nach links, → **363**.

Wendet ihr euch nach rechts, → **293**.

50 Der Gang fällt langsam ab. Links mündet aus einer höher gelegenen Ebene in einem spitzen Winkel ein neuer Gang in euren ein.

Wart ihr schon einmal hier?

Falls ja, → **177**.

Wenn nicht, → **221**.

51 Kurz vor dem Mittag langt ihr am Pass an. Unter euch breitet sich die Kulmanebene aus. Eine Handvoll Schritte entfernt steht ein schlanker Obelisk aus schwarzem Stein. Neugierig trittst du näher. Auf der westlichen Seite ist das verwitterte Gesicht eines mythischen Wesens eingemeißelt. Darunter stehen Schriftzeichen einer dir unbekannten Sprache. Die Augen des Steingesichts blicken in Richtung grob behauener Stufen, die zur Bergkuppe hinaufführen.

„Wisst Ihr, was dort oben ist?" fragst du Sir Nokta.

Der Ritter wirft nur einen flüchtigen Blick auf die Stufen. „Keine Ahnung."

Sandrick tritt neben dich und fährt mit den Fingern über den Obelisken, dessen Oberfläche im Laufe der Zeit porös geworden ist. „Hier in den Bergen lag einmal das Orakel von Jakura, aber ich glaube, es war seit Jahrhunderten niemand dort."

„Das Orakel, das Agathos und Epicharis um Rat ersuchen wollten?", fragst du verblüfft.

Sir Nokta wendet sich ungeduldig ab. „Kommt weiter! Das Orakel nützt uns jetzt nichts. Wir müssen uns beeilen, wenn wir noch vor Einbruch der Nacht in Tekla' Mahlish sein wollen."

Hast du dir irgendwann die Zukunft weissagen lassen, → **148**.

Hast du das nicht, → **187**.

52 Als du den Deckel der Truhe anhebst, fällt eine große haarige Spinne, die am inneren Rand gesessen hat, auf deine Hand. Angewidert schüttelst du sie ab, aber ein kurzer Schmerz und zwei rote Punkte zeigen, dass sie dich gebissen hat. Durch das Spinnengift **verlierst du 1 Lebenspunkt.**

Sir Nokta packt deine Hand. „Lasst mich sehen!"

„Nicht so schlimm", versuchst du ihn zu beruhigen.

„Nicht so schlimm, in der Tat", grollt der Ritter. „Vielleicht ist es aber beim nächsten Mal schlimm. Seid um Sgars Willen ein bisschen vorsichtiger, Thayet!"

Möchtest du dir jetzt das Wams näher ansehen, → **111.**

Rührst du in diesem Raum lieber nichts mehr an, → **25.**

53 Ihr steht auf einem felsigen Plateau, das vor euch sanft abfällt und in eine Wiese mit bunten Wildblumen übergeht. Dahinter erhebt sich eine bewaldete Bergkuppe.

Neben dir atmet Sandrick tief die frische Luft ein. „Ich hatte schon Angst, wir schaffen es nie!"

Sir Nokta betrachtet den dunkler werdenden Himmel. „Jedenfalls haben wir viel Zeit verloren. Aber eine Weile können wir noch weitergehen."

Ihr haltet auf die Bäume zu. Aber ohne Pferde kommt ihr nicht so schnell voran und als ihr endlich in das Grün des Waldes eintaucht, bricht bereits die Dämmerung herein. Sir Nokta nimmt an, dass Tekla' Mahlish im Südwesten liegt, also schlagt ihr diese Richtung ein. Doch bald versperrt euch eine tiefe Schlucht den Weg. Ihr seid gezwungen, sie entweder in südlicher oder westlicher Richtung zu umgehen.

Lauft ihr nach Süden, → **43.**

Wendet ihr euch nach Westen, → **316.**

54 Sandrick drückt das Ornament nach innen.
Sir Bol gibt einen erstickten Laut von sich. Aus den Wänden schieben sich lange Eisenstacheln. Gleich werdet ihr aufgespießt!
Welches Ornament wollt ihr jetzt probieren?

8   **121**   **92**

55 Ihr kehrt auf die Straße zurück und schlängelt euch weiter durch die Menge. Wenig später biegt ihr in den Endweg ab, eine kurze, schmale Seitengasse. Beinahe am Ende liegt auf der linken Seite das Gasthaus Zum grünen Troll. Von Innen fällt ein warmer Lichtschein auf die Straße. Ihr beschließt, euer Glück hier zu versuchen. Der Schankraum ist gut besucht, obwohl er nicht besonders sauber aussieht. Der Wirt, ein kleiner Mann mit flinken Händen und ebensolchen Augen, steht hinter der Theke und zapft Bier. „Ihr habt Glück, Ihr Herren, ich habe noch zwei Zimmer frei", antwortet er auf Sir Noktas Frage. „Das macht 4 Talente für jeden von Euch."
Das scheint Euch ein fairer Preis zu sein (**streiche 4 Talente aus deinem Charakterblatt**). Ihr bringt die Pferde in den Stall und nach einem nicht besonders schmackhaften, aber

ausreichenden Abendmahl begebt ihr euch nach oben. Du verschließt Tür und Fensterläden und gehst zu Bett, nicht ohne dich vorher zu vergewissern, dass kein Ungeziefer darin herumkrabbelt.

Mitten in der Nacht wirst du von leisen Geräuschen geweckt. Jemand ist im Zimmer! Du liegst stocksteif im Bett. Eine schemenhafte Gestalt durchwühlt deine Sachen! Du verfluchst dich dafür, dass du dir deinen Geldbeutel nicht unters Kissen gelegt hast. Wenigstens liegt dein Dolch griffbereit.

Stürzt du dich lautlos auf den Dieb, → **269**.

Stößt du dabei einen wilden Schrei aus, → **411**.

56 Euer Unwille, euch wieder dem Unwetter auszuliefern, ist größer als eure Furcht vor einem nächtlichen Überfall. Außerdem seid ihr in der Mühle besser geschützt als auf freiem Feld. Vorsichtshalber begnügt ihr euch jedoch mit einer kalten Mahlzeit.

Du hast das Gefühl, gerade erst die Augen zugemacht zu haben, als die Tür aufgerissen wird und ein Schwall Regen zu euch hereinweht.

„Wir bekommen Besuch, Beren!", ruft Sir Bol.

Ihr springt auf und greift zu den Waffen. Durchs Fenster siehst du eine Gruppe Reiter, die sich langsam der Hütte nähert – durchnässte, dunkle Gestalten, die Gesichter unter Kapuzen verborgen.

„Heda, seid ihr Freund oder Feind?", ruft ihnen Sir Bol entgegen.

„Wir sind friedliche Händler und wollen nur das Unwetter abwarten!", ruft der vorderste Reiter zurück.

Dein Onkel lässt seine Blicke über die Kleidung der Neuankömmlinge schweifen. Offenbar misstraut er ihnen. „Hier in der Hütte ist kein Platz mehr. Doch wenn Ihr wollt, mögt Ihr die Nacht in der Mühle verbringen."

„Welch warmherziger Empfang", spottet der Anführer.

Anstatt ihre Pferde zur Mühle zu lenken, preschen die angeblichen Händler plötzlich auf euch zu und ziehen Schwerter unter ihren Umhängen hervor. Erschrocken springst du vom Fenster zurück. Die Räuber!

Dem Anführer gelingt es, sich an den Rittern vorbei durch die Tür zu kämpfen. Er kommt direkt auf dich zu.

Willst du den Räuber angreifen, → **129**.

Überlässt du das Kämpfen lieber deinen Gefährten, → **359**.

57 In einem Haufen Beinknochen findest du einen ziselierten **goldenen Schlüssel**. Du zeigst ihn den anderen und steckst ihn in deine Tasche, ehe ihr weitergeht. → **289**.

58 Dein Onkel und die anderen liegen noch genauso da, wie ihr sie verlassen habt. Du bückst dich zu Sir Nokta hinunter und rüttelst ihn sanft an der Schulter. Er gibt ein leises Stöhnen von sich, rührt sich jedoch nicht. Immerhin ist er nicht tot. Nachdem du dich vergewissert hast, dass auch Sir Bol nur bewusstlos ist, geht es dir etwas besser.

Hast du das Auge von Sgars Pferd nach innen gedrückt? Wenn ja, → **383**.

Falls nicht, → **369**.

59 Nur wenige der angebotenen Nahrungsmittel sind als Reiseproviant geeignet. Dafür entdeckst du den Stand eines Heilers, an dem verschiedene Tränke zur Wahl stehen.

Heiltrank (+4 Lebenspunkte)	6 T
Heilkräuter (+2 Lebenspunkte)	3 T
Gegengift	6 T

Kaufe, was du möchtest, und bezahle den angegebenen Preis. Danach geht ihr weiter zu den Tuchhändlern. → **11**.

60 Im flackernden Lichtschein der Fackel kannst du erkennen, dass die Kammer sich nicht sehr tief erstreckt. An der hinteren Felswand liegt eine umgestürzte Kiepe mit Erz. Daneben lehnt eine Spitzhacke. Als du näher gehst, entdeckst du neben der Kiepe einen kleinen Lederbeutel. Du öffnest ihn neugierig und findest darin einen **Lageplan der Mine** und **2 Talente**. „Endlich hat dieses elende Herumirren ein Ende!", ruft Sir Nokta. → **402**.

61 Als du den Laden betrittst, beginnt eine Glocke über der Tür zu läuten. Hinter einem Vorhang taucht eine runzlige alte Frau auf, die dich neugierig mustert. „Sei gegrüßt, meine Tochter. Wie kann ich dir helfen?"

Du erwiderst, dass du auf dem Weg in die Wildnis im Süden seist. Sie nickt freundlich und zeigt dir einige Dinge, die sie für eine solche Reise als nützlich ansieht.

Heiltrank (+3 Lebenspunkte)	2 Ta
Heilmischung (+4 Lebenspunkte)	3 Ta
Gegengift	3 Ta

Entscheide, ob du etwas davon erwerben möchtest, und bezahle den geforderten Preis. (Natürlich kannst du nur etwas kaufen, wenn dir dein Geld nicht gestohlen wurde!) Hast du deine Einkäufe getätigt, → **127**.

62 Aus den Löchern in den Wänden schießen Flammenstrahlen, die euch zu Asche verbrennen. **Dein Abenteuer endet hier.**

63 Als du die Hand ausstreckst, um die Richtung zu zeigen, in der du das Tor vermutest, weiten sich Agathos' Augen überrascht. „Ihr tragt Tulmars Ring?"
Du siehst ihn verwirrt an. „Dieser Ring gehörte Tulmar?"
Agathos nickt. „Mit seiner Hilfe lässt sich das Tor zu dieser Welt an jeder beliebigen Stelle und zu jeder beliebigen Zeit öffnen. Tulmar hatte ihn vor dem Kampf versteckt und wir haben damals vergeblich danach gesucht. Wo habt Ihr ihn gefunden?"
„Im Labyrinth. Eine Statue hinter einer Feuerwand trug ihn am Finger."
„Wie ich sehe, habt Ihr das Labyrinth genauer erforscht als wir." Epicharis lächelt. „Jetzt müssen wir nur noch herausfinden, wie er funktioniert."
Du nimmst den Ring ab. Auf der Innenseite sind drei Schriftzeichen eingraviert. Nachdenklich betrachtest du sie.

Weißt du, wie du das Tor öffnen kannst, **lies bei der entsprechenden Station weiter.**
Kannst du das Zauberwort nicht entschlüsseln, → **406**.

64 Etwa hundert Meter weiter wendet sich der Gang nach links. Unmittelbar darauf zweigt rechts ein Stollen ab, während euer Tunnel eine weitere Linkskurve beschreibt.
Folgt ihr der Kurve, → **185**.
Nehmt ihr die Abzweigung, → **308**.

65 Du berichtest der Gnomenfrau von Mogreb und eurer Mission.
Sie sieht dich zuerst ungläubig, dann mitleidig an. „Liebe Güte, was für blühender Unsinn! Und ich denk' immer, mein Mann wär' verrückt!" Kopfschüttelnd will sie an dir vorbei zur Hütte gehen.
Du beschließt, es doch lieber mit Geld zu versuchen. → **336**.

66 Langsam schwingen die bronzenen Türflügel auf. Dahinter führen breite Stufen in die Tiefe.

Sobald ihr auf der Treppe seid, fällt die Tür mit einem donnernden Hall zu. Gleichzeitig flammen vor euch Fackeln auf.

Sir Bol mustert die Tür. „Wenigstens können uns diese verfluchten Kreaturen nicht folgen."

Sandrick versucht, sein Zittern zu unterdrücken. „Ich hoffe nur, das ist keine Sackgasse."

An die Treppe schließt sich ein kurzer Gang mit Wänden aus glatt behauenem Felsgestein an. Wenige Schritte später steht ihr an einer Kreuzung.

Geht ihr weiter geradeaus, → **245**.

Folgt ihr dem rechten Gang, → **194**.

Wendet ihr euch nach links, → **370**.

67 Du bittest deinen Onkel, einen Augenblick zu warten, und steigst ab, um die Waren des Händlers zu begutachten.

Dolch	7 G
Pfeile, je	4 G
Seil	4 G
Wasserflasche	3 G
Fackeln, je	1 G
Zunderbüchse	2 G

Du kannst kaufen, was du möchtest. Wenn du dich fertig ausgerüstet und die entsprechenden Änderungen in deinem Charakterblatt vorgenommen hast, → **142**.

68 „Die falsche Antwort hast du mir gegeben, verwirkt ist dadurch nun dein Leben."

Unvermittelt schießt ein blendend heller Blitz aus den Augen der Sphinx, der dich zu einem Häufchen Asche verbrennt.
Dein Abenteuer endet hier.

69 Eine knappe Stunde später geht ihr an Bord der *Narnkönigin*. Ihr habt nur wenige Mitreisende. Die meisten werden die Stadt frühestens heute Abend verlassen, wenn das Gauklerfest vorüber ist. So habt ihr kein Problem, eure Pferde unterzubringen und bequeme Plätze zu finden. Eine Viertelstunde später legt das Schiff endlich ab. Es hätte nicht viel gefehlt und dein Onkel wäre vor lauter Ungeduld wieder ausgestiegen! Die Reisenden unterhalten sich miteinander oder spielen Karten. Einige dösen vor sich hin. Ein Mann in deiner Nähe fordert die Umsitzenden zu einem Rätselwettstreit heraus. Sandrick fragt dich, ob ihr euch daran beteiligen wollt.
Stimmst du zu, → **183**.
Hast du zum Rätselraten keine Lust, → **164**.

70 Du wirfst Sir Nokta das eine Ende des Seils zu und lässt dich von den beiden Rittern hinaufziehen.

„Diesmal hatten wir noch Glück", sagt Sir Bol. „Von jetzt an sollten wir besser darauf achten, wohin wir treten. Jeder Schritt hier unten könnte unser letzter sein."

→ **168**.

71 Bei deinem Anblick tritt Amrar überrascht einen Schritt zurück. Seine Miene verfinstert sich und er kneift argwöhnisch die Augen zusammen. Bevor er jedoch etwas sagen kann, hältst du das Pergament und die Schablone hoch.

„Verzeiht mir, Majestät, die Sorge hat mich meine Grenzen überschreiten lassen! Aber seht, was ich gefunden habe!"

Du breitest das Pergament auf dem Tisch aus und legst die Schablone darüber. Angespannt verfolgen die anderen deine Bewegungen. Als sie den Geheimtext lesen, fährt sich der König zitternd mit der Hand über die Augen. „Karein ist nie nach Kōs zurückgekehrt", sagt er tonlos. „Und von den beiden Magiern sagt man, sie seien kurz nach dem Kampf auf einer Reise zum Orakel von Jakura verschollen. Dort wollten sie in Erfahrung bringen, wie man den Seelenfänger zerstören kann. Aber sie sind gescheitert und der verfluchte Kristall existiert noch immer. Bei Sgar, schreckliches Unglück wird über uns hereinbrechen, sollte er Mogreb tatsächlich in die Hände fallen!"

„Noch ist nichts verloren, mein König", sagt dein Onkel entschlossen. „Ich werde Mogreb mit Euren besten Rittern verfolgen und alles tun, um ihn aufzuhalten."

„Lass mich mitkommen, Onkel!", rufst du impulsiv.

Als er widerspricht, weist du darauf hin, dass immerhin du es warst, die die Geheimschrift entschlüsselt hat, und dass du im Übrigen alt genug bist, für dich selbst zu entscheiden. Schließlich gibt Beren widerstrebend nach. Auch Sandrick bittet darum, euch begleiten zu dürfen. Da er Mogrebs Neffe ist, kann ihm diesen Wunsch niemand verwehren, und zudem kennt er sich wenigstens bruchstückhaft mit Magie aus.

„Sucht in Taros Agoros auf, den Hochmeister der Weißen Magier", rät Amrar euch. „Seine Hilfe wäre von großem Wert. Ich wünschte nur-" Auf einmal werden seine Augen groß. „Aber natürlich! Das Amulett – Kareins Amulett! Es wird seit seiner Rückkehr aus Kōs in der Schatzkammer aufbewahrt!"

Ihr folgt dem König in die unteren Gewölbe. „Den Schwarzen Druiden, die sich von Tulmar lossagten, gelang es, einige der Amulette zu stehlen, die vor der Macht des Seelenfängers schützen", erklärt Amrar. „Ich habe keine Ahnung, wie viele davon außer dem, das Karein während des Kampfes trug, heute noch existieren."

Vor einer eisenbeschlagenen Tür stehen zwei Wächter, die vor dem König salutieren und zur Seite treten. Die Schatzkammer ist nur ein kleiner Raum, in dem mehrere Kisten stehen. Die meisten sind vermutlich mit Gold gefüllt. Eine davon öffnet der König nun. Doch die Schatulle, die darin liegt, ist leer.

„Fort!" ruft Amrar fassungslos aus. „Es ist fort!" Auf seiner Stirn bilden sich unheilvolle Falten. „Dafür werdet Ihr büßen, Mogreb!"

„Das wird er, mein König", schwört dein Onkel düster. „Mit oder ohne Amulett."

Ihr brecht noch in der Nacht auf. Du trägst eine Reisetasche bei dir, eine **Wasserflasche** und eine warme **Decke**. Deine Börse ist mit **12 Talenten** und **6 Gulden** gefüllt. Trage dies in dein Charakterblatt ein! Du hängst dir deinen Bogen und den Köcher, in dem sich **5 Pfeile** befinden, über die Schulter und folgst deinem Onkel in den Hof, wo Sandrick und drei von Amrars Rittern schon auf euch warten. Zwei von ihnen kennst du inzwischen recht gut. Sir Bol ist ein humorvoller Mann, dem man seine Liebe zum Essen ansieht. Sir Nokta trägt häufig einen mürrischen Ausdruck zur Schau, der aber eher seine Gutmütigkeit verbergen soll. Der Name des dritten Ritters ist Sir Silan. Mit ihm hattest du bis jetzt kaum zu tun.

Der König steht vor euch auf der Treppe. Er hebt die Hand. „Möge Euch ein günstiges Schicksal führen und Sgar geben, dass Ihr Erfolg habt!"

Dein Onkel gibt das Zeichen zum Aufbruch. Bevor du hinter ihm durch das Tor reitest, lässt du deine Blicke ein letztes Mal über den von Fackeln erhellten Burghof schweifen, über die hohen Mauern und Türme, die sich gegen den dunklen Himmel nur noch als Silhouette abzeichnen. Du willst dir nicht einmal vorstellen, dass hier bald Mogreb herrschen könnte.

Ihr verlasst Gorn auf der Handelsstraße in Richtung Süden. Dein Onkel will noch einige Meilen hinter sich bringen und dann in einem Kloster in der Nähe der Straße übernachten. Zum Glück spendet der Mond ausreichend Licht, um den Weg und die Kornfelder zu beiden Seiten zu erkennen. Ihr reitet schweigend, jeder in seine eigenen Gedanken versunken. Kurz nach Mitternacht gehen die Felder auf der linken Seite in einen lichten Laubwald über. Bald darauf siehst du Fackelschein und wenige Minuten später tauchen vor euch aus der Dunkelheit die Klostermauern auf. Beren steigt ab und klopft an das hohe, zweiflügelige Tor. Ein kleines Fenster öffnet sich und eine Stimme fragt: „Wer da?"

„Wir sind Ritter des Königs!" Dein Onkel zeigt dem Pförtner den königlichen Siegelring und unmittelbar darauf hört ihr, wie das Tor aufgeschlossen wird.

„Kommt herein, edle Herren, kommt herein!" Der Mönch führt euch zu den Stallungen, wo ein Stallbursche euch die Pferde abnimmt. Dann zeigt er euch den Weg zum Besucherschlafsaal. Als einzige Frau erhältst du deine eigene kleine Kammer. Du schläfst unruhig, geplagt von Alpträumen und düsteren Vorahnungen. Am nächsten Morgen bist du schon früh auf den Beinen. Der Speisesaal ist noch leer, aber in der Küche hörst du bereits Geschirr klappern.

Möchtest du auf deinen Onkel und die anderen warten,
→ **137**.

Willst du die Gelegenheit nutzen, um im Tempel zu beten,
→ **40**.

72 Sir Nokta drängt zum sofortigen Aufbruch. Du und Sandrick wollt hingegen Karom helfen. Du weißt, dass die Zeit drängt, aber das Amulett ist zu wichtig, um darauf zu verzichten. Falls Nerla es hat, natürlich, aber du bist bereit, dieses Risiko einzugehen. Schließlich gibt Sir Nokta nach.

Karom sieht euch mit Tränen in den Augen an. „Ich danke Euch vielmals, dass Ihr das für uns tun wollt."

Unterwegs warnst du Sandrick und Sir Nokta davor, irgendetwas von der Hexe anzunehmen, und erzählst ihnen von dem Vergiss-mich-Kraut.

„Zum Narren gehalten hat sie uns", grollt Sir Nokta. „Und ich Dummkopf bin arglos in die Falle getappt."

„Wir waren zu gutgläubig", sagt Sandrick verlegen. „Gut, dass wenigstens du misstrauisch geworden bist, Thayet. Sonst hätte sie uns ebenso zu ihren Spielzeugen gemacht wie Karoms Tochter."

Am Nachmittag glaubt ihr euch wieder in der Nähe der Mine. Doch ihr könnt das Haus der Hexe nicht finden. Schließlich bleibt ihr unter einer alten Eiche stehen.

„Ich verstehe es einfach nicht", sagt Sandrick. „Irgendwo hier muss die Hütte doch sein. Sind wir so blind?"

„Teilen wir uns auf", schlägst du vor.

Ihr verabredet, euch in einer Stunde wieder an der Eiche zu treffen.

Du bist noch nicht weit gegangen, da entdeckst du unter einigen Büschen eine Blume mit fedrigen weißen Blüten.

Möchtest du sie pflücken, → **124**.

Gehst du weiter, → **391**.

73 Du hast das ungute Gefühl, dass ein falscher Schritt dein letzter sein könnte. Nachdenklich betrachtest du die in die weißen Fliesen eingravierten Buchstaben. S, A, R, G. *Wie passend*, denkst du ironisch.

Mogreb wird ungeduldig. „Was stehst du da herum? Geh weiter!"

Du entschließt dich, nur auf die weißen Fliesen zu treten. Welcher Buchstabe ist deine erste Wahl?

S, → **170**.

A, → **251**.
R, → **10**.
G, → **345**.

74 Du holst die Amphore aus deiner Tasche. Bevor du den Deckel öffnen kannst, stürzt sich einer der Untoten auf dich und schlägt dir das Gefäß aus der Hand. Es fällt auf den Steinboden und zerspringt. Weißer Rauch quillt hervor, der sich zu schemenhaften Gestalten verdichtet.

„Frei!", rufen diffuse Stimmen. „Endlich frei!"

Von den Stimmen abgelenkt, trifft dich der nächste Angriff des Untoten unvorbereitet. Sein Stock verletzt dich am Kopf. **Du verlierst 2 Lebenspunkte.**

Willst du jetzt Mogrebs Ring hochhalten, → **401**.

Kannst oder willst du ihn nicht einsetzen, → **219**.

75 Ihr reitet etwa drei Stunden am Ufer entlang, ohne eine Stelle zu finden, an der ihr die Els überqueren könnt. Im Gegenteil wird der Fluss immer breiter.

„Es hat keinen Sinn weiterzureiten", sagt Sir Nokta schließlich. „Hier kommt keine Brücke mehr. Wir müssten bis Taros zurück."

Nach einer kurzen Rast macht ihr euch auf den Rückweg zur Handelsstraße und folgt dem Ufer in entgegengesetzter Richtung. → **196**.

76 Du versuchst, die Flammen mit deinem Trinkwasser zu löschen, aber das wenige Wasser kann gegen das Feuer nichts ausrichten.

Was willst du als nächstes probieren?

Den Spruch auf dem Pergament, → **315**.

Das blaue Pulver, → **159**.

Hast du weder das eine noch das andere, → **101**.

77 **Glückwunsch, du hast das Rätsel gelöst!**

„Ein Fluss", antwortest du und Sandrick wie aus einem Mund.

Beifällig sieht euch der alte Mann an. „Ja, das ist richtig. Vielleicht könnt ihr auch das nächste Rätsel lösen.

Eine Goldkette wiegt ¾ ihres Gewichts plus ¾ Gramm. Wie schwer ist die Kette?"

Weißt du die Antwort, lies bei der Lösungszahl weiter.

Kannst du das Rätsel nicht lösen, → **265**.

78 In dem Krug befindet sich ein **tiefblaues Pulver**. Wenn du möchtest, kannst du den Krug mitnehmen.

Möchtest du den linken Krug öffnen, → **247**.

Geht ihr weiter, → **179**.

79 „Die falsche Antwort hast du mir gegeben, verwirkt ist dadurch nun dein Leben."

Unvermittelt schießt ein blendend heller Blitz aus den Augen der Sphinx, der dich zu einem Häufchen Asche verbrennt.

Dein Abenteuer endet hier.

80 Du beschließt, am Bach deine Wasserflasche aufzufüllen. Als du dich zum Wasser hinunterbeugst, entdeckst du im Uferschlamm undeutliche Fußabdrücke, die eindeutig von einem Menschen stammen. Jemand war hier – und das ist noch nicht lange her. Wachsam lässt du deinen Blick schweifen. Du bist dir zwar sicher, dass dir gestern in der Nähe der Hütte weder ein Bach noch eine Brombeerhecke aufgefallen ist. Trotzdem kann es nicht schaden, sich die Hecke näher anzuschauen.
→ **281**.

81 Deine Muskeln ziehen sich krampfartig zusammen und du fällst neben Sandrick auf den kalten Stein. Schon bald verlierst du die Besinnung.

Dein Abenteuer endet hier.

82 Ihr duckt euch vor einem erneuten Angriff. Die Krallen des Ungeheuers bohren sich in deinen Rücken. **Du verlierst 3 Lebenspunkte.** Glücklicherweise kommt euch Sir Nokta zu Hilfe und tötet die Kreatur, während Sir Bol dem anderen Flederdämon den Garaus macht.

Wollt ihr euch in der Höhle umsehen, → **57**.

Verlasst ihr diesen Ort lieber so schnell wie möglich, → **289**.

83 Zielstrebig geht ihr durch die linke Tür. Der Gang führt zu einer Treppe. Am oberen Absatz schimmert unter einer massiven Tür Tageslicht hervor.

„Endlich!", ruft Sandrick erleichtert

Ihr steigt die Stufen empor und öffnet die protestierend quietschende Tür. → **53**.

84 Die Schmerzen werden immer schlimmer. **Du verlierst 3 Lebenspunkte.**

Besitzt du danach noch mindestens 5 Lebenspunkte, → **109**.

Hast du weniger als 5 Lebenspunkte, → **428**.

85 Du springst auf die nächste Platte, ohne dass etwas geschieht. Also ist die Reihenfolge tatsächlich die Buchstabenfolge von Sgars Namen! Erleichtert springst du auf die letzte Steinplatte und von dort auf sicheren Boden. Leider weiß nun auch Mogreb, wie er gehen muss.

„Du bist klug, Thayet, das muss ich dir lassen." Der Magier kichert selbstgefällig. „Und wie klug von mir, dich als Führerin gewählt zu haben." → **400**.

86 **Glückwunsch, du hast das Rätsel gelöst!**
„Ja, Mensch, so ist es. Cyprian war der Spion. Eine Frage gewähre ich dir nun zum Lohn."

Welche Frage willst du stellen?
„Wie können wir Mogreb aufhalten?" → **425**.
„Wie kann der Seelenfänger zerstört werden?" → **376**.

87 Bei der Pflanze handelt es sich tatsächlich um **Frauentreu**. Wenn du dir von den Blüten einen Tee kochst, erhältst du einmalig 2 Lebenspunkte zurück. → **51**.

88 Worin hast du das Wasser hergebracht?
In einem der Tonkrüge, → **407**.
In deiner Wasserflasche, → **373**.

89 Einige Meter weiter zweigt links ein Stollen ab. Nehmt ihr die Abzweigung, → **393**.
Folgt ihr dem Gang weiter geradeaus, → **14**.

90 Du reagierst nicht schnell genug. Die Axt streift dich am Bein. **Du verlierst 2 Lebenspunkte.**

Sir Nokta hat sein Schwert gezogen und lenkt den wahnsinnigen Holzfäller von dir ab. Sandrick springt an deine Seite und legt seinen Arm um deine Taille. Stolpernd kommst du auf die Füße.

„Lauft!" ruft euch der Ritter zu.

Mit Sandricks Hilfe humpelst du außer Reichweite des Wahnsinnigen. Nach ein paar Schritten bleibt ihr stehen und schaut zurück. Sir Nokta führt einen Scheinangriff gegen den Holzfäller und schlägt ihm die Axt aus der Hand. Der Mann steht einen Moment wie erstarrt, die Augen weit aufgerissen. Dann heult er auf und flüchtet in den Wald. Der Ritter sieht ihm nach, das Schwert noch in der Hand, bevor er sich langsam umdreht und euch folgt.

„Bei Sgar, welch Wahnsinn einen Menschen packen kann, wenn er zu lange allein ist!" Besorgt sieht er dich an.

„Könnt Ihr laufen, Thayet?"

Du nickst. „Es geht schon", antwortest du mit zusammengebissenen Zähnen, während Sandrick deine Wunde verbindet.

Ihr schlagt euer Lager auf einer kleinen Lichtung auf. Sir Nokta und Sandrick halten abwechselnd Wache. Als der Schmerz in deinem Bein endlich etwas nachlässt, fällst du in einen unruhigen Schlaf.

Gegen Mittag des folgenden Tages kommt ihr zu einer Wiese, aus der vereinzelt Wacholderbüsche in den Himmel ragen. In der Ferne grast eine Herde Schafe. Eine Weile folgt ihr einem Hirtenpfad. Sir Nokta meint, dass hinter dem nächsten Berg die Kulmanebene beginnen müsste, an deren nordwestlichem Ende Tekla' Mahlish liegt. Wenn ihr die Handelsstraße erreicht, die aus Altanien kommt, habt ihr vielleicht Glück und jemand nimmt euch mit in die Stadt.

Ihr verlasst den Hirtenpfad und lauft querfeldein nach Süden. → **187**.

91 Du legst dir den Umhang um die Schultern, um weniger aufzufallen. Sandrick fallen beinahe die Augen aus dem Kopf.

„Was ist los?", fragst du verwirrt.

„Du, du … ich kann dich nicht mehr sehen!"

„Was?"

„Das, das ist ein Tarnumhang!", ruft er aufgeregt. „Damit ist unser Problem gelöst! Rasch! Wirf den Umhang über uns beide!"

Dicht aneinandergedrängt, überquert ihr die Straße und lauft dabei beinahe in ein verliebtes Pärchen hinein. Ihr habt ganz vergessen, dass sie euch ja nicht sehen können. Mit angehaltenem Atem schiebt ihr euch hinter den Wächtern vorbei. Ihr betretet die Kommandantur und findet nach einigem Suchen die Treppe, die hinunter in die Verliese führt. Der Gang öffnet sich in einen großen Raum, der ringsum von vergitterten Zellen umgeben ist. In der Mitte sitzen drei Wächter an einem Tisch, trinken Bier und spielen Karten.

„Da hinten", flüstert Sandrick. „Da ist Sir Nokta – und, und da ist auch Sir Bol."

„Kannst du irgendwo die Schlüssel sehen?"

„Da drüben am Haken."

Ihr schleicht zur Wand und nehmt vorsichtig die Schlüssel herunter. Sie klappern aneinander, aber die Wächter sind so in ihr Spiel vertieft, dass sie für nichts anderes Augen und Ohren haben. Glücklicherweise liegt die Zelle eurer

Freunde hinter einer Säule, so dass die Tür den Blicken der Wächter entzogen ist.

„Sir Nokta, Sir Bol", wisperst du. „Wir sind hier – Sandrick und Thayet."

Sir Nokta sieht sich suchend um. „Wo-"

„Psst! Wir tragen einen Tarnmantel. Und wir haben die Schlüssel."

Als du die Schlüssel der Reihe nach ausprobierst, starren die beiden Ritter entgeistert deine scheinbar in der Luft schwebenden Hände an. Endlich hast du den passenden Schlüssel gefunden. Ihr werft die Kapuze zurück und schmunzelt über die erstaunten Gesichter.

In Sir Bols Augen stiehlt sich ein diebisches Funkeln. „Leiht uns doch für einen Moment den Umhang, Thayet!"

Du beobachtest, wie er und Sir Nokta sich buchstäblich in Luft auflösen. Wenige Minuten später hörst du drei dumpfe Schläge, dann liegen die Wächter am Boden.

„Ihr könnt kommen!"

Sir Bol gibt dir grinsend den Umhang zurück. „Verdammt praktisch, so ein Ding!"

Die Ritter nehmen ihre Sachen wieder an sich und kleiden sich in die Umhänge und Helme der Wächter. Bei einem der Männer findest du **3 Teshrah**, die du kurzerhand einsteckst. Danach verschwindet Sandrick und du erneut unter dem Tarnmantel. Ihr habt Glück, niemand kreuzt euren Weg.

Die beiden Ritter schlendern zu den Torwächtern.

„Der Hauptmann sagt, wir sollen euch ablösen", brummt Sir Nokta.

„Wird aber auch Zeit, was, Belk?"

Die beiden Wächter gehen zur Kommandantur, ohne Verdacht zu schöpfen. Ihr biegt in eine Seitengasse ein und wartet in einer Taverne darauf, dass die Stadttore geöffnet werden.

Sir Nokta nimmt einen tiefen Schluck aus seinem Weinbecher. „Schätze, ich muss mich bei euch beiden bedanken", brummt er. „Trotzdem war es verdammt leichtsinnig."

Sandrick zwinkert dir zu und du grinst zurück.

„Wieso wart Ihr denn nun eigentlich im Gefängnis, Sir Bol?", fragt Mogrebs Neffe.

Der Ritter seufzt. „Agoros war der Meinung, es sei das Beste, so schnell wie möglich nach Kōs weiterzureiten, deshalb hat Beren mich allein zu Ja'ana geschickt. Doch Mogreb war vor mir dort – sie lag tot auf dem Boden. Ich war dabei, mich umzusehen, als die Stadtwache auftauchte und mich festnahm. Ich habe versucht, diesen Schwachkopf von Hauptmann von meiner Unschuld zu überzeugen, aber er hat nicht mal zugehört." → **128**.

92 Du drückst das Ornament nach innen. Die Eisenstacheln gleiten zurück in die Wände.

„Puh", sagt Sandrick. „Ich dachte schon, unser letztes Stündlein hätte geschlagen."

Doch eure Erleichterung währt nicht lange. Statt sich das Fallgitter hebt, läuft ein Zittern durch den Boden. Rumpelnd senkt er sich ab.

Sir Bol starrt auf die Eisenplatten, als könnte er sie durch pure Willenskraft anhalten. „Bei Sgar, was ist das für Dämonenwerk?"

→ **146**.

93 Der Weg führt durch eine gemauerte Kammer. Aus Wandhöhlungen über euren Köpfen grinsen euch Dutzende Totenschädel an. Die Wände sind durchlöchert und von Feuer geschwärzt, auf dem Boden liegen verkohlte Knochen.

„Gefällt mir gar nicht", murmelt Sir Bol.

Kaum habt ihr den Raum betreten, rasseln vor und hinter euch Fallgitter herab. Ihr seid eingeschlossen!

Sandrick steht einen Moment wie erstarrt und zeigt dann auf eine der Wände. „Da sind drei Hebel!"

„Lasst mich raten", brummt Sir Nokta. „Der falsche Hebel äschert uns ein wie die die armen Seelen vor uns."

Willst du den linken Hebel ziehen, → **218**.

Entscheidest du dich für den mittleren, → **62**.

Ziehst du am rechten Hebel, → **311**.

94 Die Gegend ist flach und zerteilt wie ein Schachbrett. Rechts und links erstrecken sich scheinbar endlos Äcker und Felder, getrennt durch Hecken, Mauern oder kleine Baumgruppen. Einige Stunden später taucht vor euch eine bunte Wagenkolonne auf, die langsam die Straße entlang zuckelt. Als ihr näher kommt, stellst du fest, dass es sich um Fahrendes Volk aus Altanien handelt. Als ihr die Wagen eingeholt habt, rufen euch die dunkelhäutigen Kinder an und winken lachend.

Aus einem der vorderen Wagen tritt eine hoch gewachsene, schöne Frau mit langem schwarzem Haar, das sie halb unter einem roten Tuch verborgen hat. Sie lächelt verführerisch. „Willkommen, edle Ritter! Kommt herbei, lasst mich einen Blick in Eure Zukunft werfen. Meine Kristallkugel irrt nie. Oder, da Ihr es, wie ich sehe, eilig habt, kann ich für 1 Talent die Zukunft aus den Linien Eurer Hand lesen."

Möchtest du dir die Zukunft weissagen lassen, → **409**.

Folgst du lieber deinen Gefährten, die nach einer höflichen Ablehnung weiterreiten, → **263**.

95 Am Rande des Tals ragt eine Ansammlung eigenwillig geformter Felsen auf. Die beiden Ritter ziehen ihre Schwerter.

„Wenn diese verfluchte Wand eine Öffnung hat, dann dort", brummt Sir Bol.

Tatsächlich endet die Wand unmittelbar an den Felsen, die an dieser Stelle eine Art Tor bilden. Vorsichtig reitet ihr hindurch. Vor euch liegt eine leblose Gestalt auf der Erde, eingehüllt in einen blauen Umhang.

„Silan! Bei den Göttern, es ist Silan!", ruft Sir Bol erschüttert.

Ehe er absteigen kann, tauchen hinter den Felsen Dutzende staubbedeckter, zerlumpter Gestalten auf, bewaffnet mit rostigen Speeren, Schwertern und Stöcken. Sie umringen euch und blicken euch mit leeren Augen an. Manche Männer weisen klaffende Wunden auf, die jedoch nicht bluten, anderen fehlen einzelne Gliedmaßen, bei einigen löst sich die Haut in Fetzen vom Körper. Du fragst dich, wie sie überhaupt noch leben können. Und plötzlich weißt du, was sie sind: Kristallsklaven – ehemalige Anhänger der Schwarzen Druiden, deren Seelen dem Kristall zum Opfer gefallen sind und deren Hüllen selbst jetzt noch Tulmars Befehl folgen, jeden Eindringling zu töten.

Wie auf ein unhörbares Kommando rücken die Untoten vor und attackieren euch. Die ersten Angreifer könnt ihr abwehren, aber hinter den Felsen tauchen immer mehr Kristallsklaven auf.

Besitzt du einen der folgenden Gegenstände?

Ein versiegeltes Tongefäß, → **392**.

Einen Ring mit dem Symbol der Schwarzen Druiden, → **301**.

Einen Tarnumhang, → **174**.

(Hast du mehrere dieser Gegenstände, wähle denjenigen aus, den du benutzen willst, und lies bei der betreffenden Station weiter!)

Besitzt du keinen der genannten Gegenstände, → **216**.

96 Mit einem Schnappen fällt die Tür hinter euch ins Schloss. Erst jetzt bemerkt ihr, dass sie auf dieser Seite keine Klinke hat und euch damit der Rückweg versperrt ist. Der Gang schwenkt nach rechts und führt dann längere Zeit geradeaus. Ihr kommt durch eine weitere Abbaukammer. An der Wand lehnen eine Spitzhacke und ein Wasserschlauch. Hier muss wohl der Gnom gearbeitet haben. Wenige Schritte weiter endet der Stollen an einem Absatz. Etwa drei Meter unter euch führt der Gang weiter. Auf dem Boden liegt eine grob gezimmerte Holzleiter.

Sandrick blickt zweifelnd nach unten. „Glaubt ihr, das ist der richtige Weg?"

„Woher soll ich das wissen?", erwidert Sir Nokta mürrisch.

„Dieser Gnom hat nichts als wirres Zeug geredet."

Ihr lasst die Leiter hinunter und folgt dem tiefergelegenen Gang, der sich kurz darauf gabelt.

Geht ihr weiter geradeaus, → **280**.

Wendet ihr euch nach rechts, → **393**.

97

Hinter euch vernehmt ihr ein Rasseln. Ein Fallgitter hat euch den Rückweg abgeschnitten.

„Wird das jetzt zur Gewohnheit?", murmelt Sir Bol.

Kurze Zeit später teilt sich der Weg.

Wollt ihr nach links gehen, → **372**.

Wählt ihr den rechten Weg, → **234**.

98

Als du eintrittst, beginnt eine Glocke über der Tür zu läuten. Hinter einem Vorhang kommt eine runzlige alte Frau zum Vorschein, die dich mit fast zahnlosem Mund anlächelt. „Sei willkommen, meine Tochter! Wie kann ich dir helfen?"

Du erwiderst, dass du auf dem Weg in die Wildnis im Süden seist. Sie nickt freundlich und zeigt dir einige Dinge, die sie für eine solche Reise als nützlich ansieht.

Heiltrank (+3 Lebenspunkte)	2 Ta
Heilmischung (+4 Lebenspunkte)	3 Ta
Gegengift	3 Ta

Entscheide, ob du etwas davon erwerben möchtest, und bezahle den geforderten Preis! (Natürlich kannst du nur etwas kaufen, wenn dir dein Geld nicht gestohlen wurde!) Hast du deine Einkäufe getätigt, → **397**.

99 Du drehst Sgars Hand, bis auch seine Handfläche nach unten zeigt. Sie rastet in dieser Position ein. Unterdessen tritt Sandrick wie zufällig zwischen dich und Mogreb. Im Sockel der Statue klappt ein kleines Fach auf. Darin liegt ein kugelförmiger Gegenstand, eingeschlagen in schwarzen Stoff.

Hinter dir blitzt es hell. Sandrick stöhnt auf. Du streckst deine Hand nach der Kugel aus, doch Mogreb stößt dich grob beiseite. Er greift sich den Kristall und hält ihn triumphierend über den Kopf.

„Wolltet ihr beide mich etwa hintergehen? Ich bin über euren Undank enttäuscht." Er lacht meckernd. „Wo ich euch doch das Privileg biete, meine beiden ersten Kristallsklaven zu werden!"

Sandrick hechtet nach vorn und packt Mogrebs Beine. Der Magier ringt um sein Gleichgewicht. Dabei rutscht das Tuch vom Kristall.

Trägst du ein Kristallamulett, → **252**.
Besitzt du so etwas nicht, → **279**.

100 Die Tür führt in einen kleinen Raum, in dem ein alter Holztisch und vier wackelige Stühle stehen. Auf einem Wandbord liegen **zwei Fackeln** und eine **Zunderbüchse**. Wenn du möchtest, kannst du etwas davon mitnehmen. Da es sonst nichts Interessantes zu sehen gibt, verlasst ihr den Raum und folgt weiter dem Gang. → **328**.

101 Ihr kehrt zur Kreuzung zurück und wendet euch dort entweder nach links (→ **318**) oder nach rechts (→ **24**).

102 Der Stollen endet nach wenigen Metern an einer Felswand. Ihr seid in einer Sackgasse gelandet. Ihr kehrt um und folgt dem anderen Gang. → **297**.

103 Du hast die Länge der Grube unterschätzt. Dein Sprung ist zu kurz und du rutscht ab. Verzweifelt klammerst du dich am Grubenrand fest, doch du hast nicht genug Kraft, um dich hochzuziehen. Schließlich erlahmen deine Finger und du stürzt mit einem gellenden Schrei in die Tiefe.
Dein Abenteuer endet hier.

104 Du bittest deinen Onkel, kurz auf dich zu warten. Die alte Frau lächelt dich freundlich an. „Sei gegrüßt, Mädchen, womit kann ich dir dienen?"

Du wirfst einen Blick auf die Sträuße getrockneter Kräuter und Phiolen mit unterschiedlichen Tränken.

Heilmischung (+2 Lebenspunkte)	2 Ta
Heiltrank (+4 Lebenspunkte)	4 Ta
Gegengift	3 Ta

Wenn du etwas davon erwerben möchtest, nimm die entsprechenden Änderungen in deinem Charakterblatt vor.
→ **142**.

105
Du stolperst über lockeres Geröll und stürzt. Bevor du dich aufrappeln kannst, bricht die Decke ein. Tonnen von Gestein stürzen auf dich nieder und begraben dich.
Dein Abenteuer endet hier.

106
Du holst das Gegengift hervor und kippst einen Teil der Flüssigkeit hinunter. Dann packst du Sandrick, der hinter dir her taumelt, und ziehst ihn auf die Treppe. Zum Glück ist die Tür am oberen Treppenabsatz unverschlossen. Ihr wankt hindurch und fallt auf den kalten Steinboden. Noch immer etwas zittrig reichst du das restliche Gegengift an deine Gefährten weiter.
„Ihr habt wirklich an alles gedacht, Thayet", schnauft Sir Bol anerkennend. „Euer Onkel kann stolz auf Euch sein."
Nachdem ihr euch ein wenig ausgeruht habt, setzt ihr euren Weg fort. Links erstreckt sich eine Grabkammer. Da

dahinter vermutlich der Gang liegt, aus dem ihr gekommen seid, wendet ihr euch nach rechts.

Ein Rasseln hinter euch lässt dich herumfahren. Ein Fallgitter hat euch den Rückweg abgeschnitten!

„Hoffentlich sind wir auf dem richtigen Weg", murmelt Sandrick.

Wenige Schritte später zweigt rechts ein Gang ab.

Geht ihr weiter geradeaus, → **97**.

Folgt ihr dem rechten Tunnel, → **338**.

107 Der leicht abschüssige Gang verbreitert sich zu einer kleinen Höhle, deren Boden von grünlich schimmerndem Wasser bedeckt ist. Es verströmt einen modrigen Geruch.

Sir Bol betrachtet das undurchsichtige Gewässer misstrauisch. „Sieht nicht gerade einladend aus."

Leider bleibt euch keine andere Wahl, als durch das Wasser zu waten, → **426**.

108 „Vielleicht sollten wir das Kästchen doch mitnehmen", sagst du unentschlossen. „Es könnte etwas Nützliches enthalten."

„Oder eine Falle sein", gibt Sir Nokta zu bedenken.

Willst du das Kästchen aus Itahs Händen nehmen, → **171**.

Möchtest du es mit deinem Bogen angeln, → **327**.

Lasst ihr es stehen und geht weiter, → **139**.

109 Du sinkst vor Schmerzen auf die Knie und umklammerst deinen Magen. Doch dein

Körper ist stark genug, um das Gift zu verarbeiten, und nach einigen peinigenden Minuten lassen die Krämpfe nach.

„Sandrick hat Euch gewarnt", hält dir Sir Nokta vor. „Ihr könnt von Glück reden, dass Ihr einen so starken Magen habt." Doch die Erleichterung ist ihm deutlich anzumerken.
→ **233**.

110

Deine Worte und der Ring zeigen nicht die erhoffte Wirkung. Die Kristallsklaven bedrängen euch mit unverminderter Heftigkeit. Entweder haben sie dich nicht verstanden oder der Ring allein genügt nicht, um euch als Anhänger Tulmars auszuweisen.

Einer der Männer versetzt dir einen schmerzhaften Schwerthieb in den Arm. **Du verlierst 2 Lebenspunkte. Du musst dir schleunigst etwas anderes einfallen lassen!**

Was möchtest du als nächstes einsetzen?

Das Tongefäß mit der Geisterarmee, → **392**.

Den Tarnumhang, → **174**.

Besitzt du weder den einen noch den anderen Gegenstand, → **216**.

111

In der Tasche des Wamses findest du ein Fläschchen mit einem Heiltrank. Erfreut steckst du es ein. Der **Heiltrank** reicht für eine Anwendung und bringt dir 2 Lebenspunkte zurück.

Willst du jetzt die Truhe öffnen, → **52**.

Verlasst ihr den Raum, → **25**.

112 Ihr habt den Raum kaum betreten, als hinter euch ein Fallgitter heruntergeht. Ihr seid eingeschlossen!

„Nicht schon wieder!", entfährt es Sir Bol. „Falls wir lebend hier rauskommen, werde ich von Fallgittern träumen."

„Es gibt bestimmt einen Ausgang", sagst du zuversichtlich.

Du betrachtest die Steintafel. Sie ist mit zwei Reihen Ornamenten geschmückt. Drei der großen Ornamente in der oberen Reihe sind bemalt, das vierte hingegen nur angedeutet. Die vier kleinen Ornamente darunter sehen so aus, als ließen sie sich in die Wand drücken.

„Lasst uns gut nachdenken, ehe wir irgendetwas anfassen!", mahnt Sir Nokta. „Sonst leisten wir den armen Seelen hier drinnen Gesellschaft."

Für welches Ornament entscheidet ihr euch?

421   243   334   54

113 Kurz darauf gabelt sich der Weg.
Wollt ihr weiter geradeaus gehen, → **147**.
Entscheidet ihr euch für den rechten Gang, → **394**.

114 Der Waffenschmied ist ein großer Mann mit einem gewaltigen Kreuz und Muskeln wie Tauen. Du kannst dir gut vorstellen, dass er ein Breitschwert schwingt, als sei es eine Feder. Dein Onkel fragt ihn, was er anzubieten hat.

„Alles, was das Herz eines Ritters begehrt, edler Herr. Seht Euch nur in Ruhe um und ruft mich, wenn Ihr etwas kaufen wollt – ich bin nebenan!"

Er verbeugt sich und verschwindet hinter einem Vorhang, durch den kurz darauf lautes Hämmern dringt. Du siehst dich um. Jom stellt natürlich vor allem Waffen und Rüstungen her, aber du findest auch einige andere Dinge.

Pfeile, je	3 G
Fackeln, je	2 G
Zunderbüchse	3 G
Seil	4 G
Wasserflasche	3 G

Als Jom dir die Preise nennt, siehst du ihn zweifelnd an. Manche Waren scheinen dir doch reichlich teuer zu sein. (Du kannst natürlich nur etwas kaufen, wenn dir dein Geld nicht gestohlen wurde!)

Willst du versuchen zu feilschen, → **332**.
Bezahlst du den angegebenen Preis, → **416**.
Verlasst ihr den Laden und reitet zurück zum Hafen, → **69**.

115 Der Felsbrocken hat euch beinahe eingeholt, als ihr einen Quergang entdeckt. Doch kurz bevor du ihn erreichst, gibt dein rechtes Bein unter dir nach und du stürzt. Die Felskugel rollt über dich hinweg und zerquetscht dich.

Dein Abenteuer endet hier.

116 Bald darauf zweigt auf der linken Seite ein weiterer Stollen ab.

Folgt ihr dem Tunnel weiter geradeaus, → **297**.

Nehmt ihr die Abzweigung, → **102**.

117 Als sich Agoros' Finger um den Stab schließen, fällt dir sein Ring auf, der ein Symbol aus grünem Stein trägt. Er erinnert dich an den Ring, den du in Mogrebs Truhe gefunden hast. Du holst ihn aus deiner Tasche und zeigst ihn dem Magier (vorausgesetzt, er wurde dir unterwegs nicht gestohlen!).

Agoros nimmt den Ring und lässt ihn vor Abscheu beinahe fallen. „Der Ring der Schwarzen Druiden! Also hat Mogreb sich den Schwarzen Künsten verschrieben. Ich hatte meine Vermutungen, aber ich konnte sie nie beweisen. Nun, das spielt jetzt auch keine Rolle mehr." Er gibt dir den Ring zurück. „Bewahre ihn gut auf! Er mag uns noch nützlich sein."

→ **253**.

118 Du bringst dein Pferd zum Halten und streckst Sandrick, der sich stöhnend aufrichtet, die Hand hin. „Schnell, steig auf!"

Dankbar ergreift er deine Hand und schwingt sich hinter dir in den Sattel. Von überallher regnen jetzt Steine auf euch nieder, doch wie durch ein Wunder langt ihr unversehrt auf der anderen Seite des Passes an. Sir Nokta hat Sandricks Pferd eingefangen, das ohne seinen Reiter weitergestürmt war.

„Ich wette, das war Mogrebs Werk", sagt Sir Bol. „Wer weiß, wie viele Überraschungen er noch auf Lager hat?"

„Mir genügt diese", murmelt Sandrick, während er seinen Rücken reibt.

Kurz darauf bietet sich euch zum ersten Mal ein Blick auf die Ebene von Kōs – ein ausgedehntes, beinahe kreisförmiges Tal, das auf allen Seiten von hohen Bergen umschlossen ist. Vereinzelt ragen Felsen und Baumgruppen aus der kargen Graslandschaft. Ihr erreicht die Talsohle im letzten Schein der Dämmerung.

„Lasst uns das Nachtlager dort drüben zwischen den berankten Bäumen errichten", schlägt Sir Nokta vor. „Dort sind wir leidlich geschützt."

Du hast das Gefühl, gerade erst die Augen geschlossen zu haben, als dich Sandricks Stimme aus dem Schlaf reißt. „Wacht auf, wacht auf! Wir werden angegriffen!"

Du willst aufspringen, doch etwas hält dich fest. Erschrocken siehst du auf deine Beine, um die sich dicke grüne Taue schlingen. Im ersten Augenblick glaubst du, jemand habe dich gefesselt, doch dann stellst du fest, dass es sich um Pflanzen handelt. Immer mehr Ranken schlängeln sich von den Bäumen, die euren Lagerplatz umgeben. In Panik wirfst du dich hin und her, aber die Pflanzen winden sich nur noch enger um dich.

„Verdammtes Grünzeug!", brüllt Sir Bol, während er wild mit dem Schwert um sich schlägt und vergeblich versucht, sich aus dem Griff der aggressiven Gewächse zu befreien.

Was willst du tun?

Möchtest du einen Pfeil in die Pflanze schießen, → **405**.
Versuchst du lieber etwas anderes, → **31**.

119
Kurz darauf mündet der Gang in einen Quergang.

Geht ihr nach links, → **380**.
Wendet ihr euch nach rechts, → **220**.

120
Glückwunsch, du hast das Rätsel gelöst!
Sandrick folgt dir, ohne zu zögern.

„Warum seid Ihr beide so sicher, dass dies der richtige Weg ist?", fragt Sir Nokta verdutzt.

„Nun, wenn der Gnom die Wahrheit gesagt hat, müsste seine Frau gelogen haben. Folglich wäre es nicht die rechte, sondern die linke Tür, die aus dem Berg herausführt", erklärst du ihm. „Hat der Gnom dagegen gelogen, hätte seine Frau uns durch die linke und nicht durch die rechte Tür geschickt. Da sie in dieser Konstellation die Wahrheit gesagt hätte, würde der linke Weg tatsächlich ins Freie führen. In jedem Fall ist also die linke Tür die richtige Wahl."

Sir Nokta starrt dich an, offenbar bemüht, Sinn in deine Worte zu bringen. Dann schüttelt er den Kopf und brummelt etwas von „vermaledeiten Rätseln".

Der Gang führt zu einer Treppe. Am oberen Absatz schimmert unter einer massiven Tür Tageslicht hervor. Ihr steigt die Stufen empor und drückt die Klinke nach unten.
→ **53**.

121 Du drückst das Ornament nach innen. Damit besiegelst du euer Schicksal. Ehe du ein weiteres Ornament ausprobieren kannst, spießen euch die Stacheln auf.

Dein Abenteuer endet hier.

122 **Glückwunsch, du hast das Rätsel gelöst!** Sandrick sieht genauso ratlos aus wie du, aber schließlich findest du die Lösung des Rätsels.

Der Rätselmeister strahlt vor Freude. „Du bist die erste, die alle drei Fragen richtig beantworten konnte. Du hast dir die Belohnung wahrhaftig verdient, meine Tochter."

Er überreicht dir die Drachenskulptur. Du bedankst dich und betrachtest die kleine Figur von allen Seiten. Sie sieht alt aus und ist sie ist schwerer, als du erwartet hast. In den Boden ist ein fremdartiges Zeichen geschnitzt.

Trägst du den Ring aus Mogrebs Truhe bei dir?

Wenn ja, → **283**.

Falls nicht, → **374**.

123 Ihr vernehmt ein Klicken. Aus der Wand hinter euch schießt ein Feuerstrahl und verbrennt dich am Rücken. **Du verlierst 2 Lebenspunkte.** Die Figuren gleiten an ihre ursprünglichen Positionen zurück.

Willst du eine andere Reihenfolge ausprobieren, **lies bei der entsprechenden Station weiter.**

Gebt ihr auf und kehrt um, → **264**.

124 Du erkennst die Pflanze als Hahnenfeder, ein schmerzstillendes **Heilkraut**. Wenn du es verwendest, kannst du dir einmalig 2 Lebenspunkte gutschreiben.

Nachdem du die Pflanze vorsichtig verstaut hast, setzt du deinen Weg fort. → **391**.

125 Nach einiger Zeit wendet sich der Gang nach rechts und mündet in einen Querstollen.

Geht ihr nach links, → **14**.

Folgt ihr dem Tunnel nach rechts, → **280**.

126 Der Gang endet kurz darauf an einer glatten Wand. In einer Nische auf der rechten Seite stehen drei goldene Statuetten in Form geflügelter Löwen, die euch bis zur Hüfte reichen. Jede Figur sitzt auf einer kurzen Rinne. Die Figuren sind mit den Ziffern *Eins*, *Zwei* und *Drei* beschriftet.

„Könnte eine Art Öffnungsmechanismus sein", sagt Sandrick nachdenklich.

Wollt ihr versuchen, die Löwenfiguren zu verschieben, entscheidet euch für eine Reihenfolge und **lest bei der entsprechenden Station weiter.**

Kehrt ihr lieber um, → **264**.

127 Ihr reitet zurück zur Nördlichen Handelsstraße. Das Gauklerfest ist zu dieser frühen Stunde noch nicht in vollem Gange, aber an mehreren Stellen haben sich bereits Schaulustige versammelt, die den verschiedenen Darbietungen zusehen. Dazwischen preisen Händler lautstark ihre Waren an. Ihr folgt der Straße, bis links die Hafenstraße abzweigt. Nach etwa zweihundert Metern taucht auf der rechten Seite ein Schild auf: *Joms Waffenschmiede*. Du würdest das Geschäft gern betreten, doch dein Onkel drängt zur Eile. Zwischen den Häusern weiter vorn schimmert bereits der Narn hindurch. Der Grenzfluss zwischen Kamor und Lund ist ab kurz hinter Taros schiffbar. Dort fließen seine beiden Quellflüsse Ane und Els zusammen. Kurze Zeit später macht die Straße einen Knick nach rechts und führt zum Hafen, der außerhalb der Stadtmauern liegt. Am Pier liegen mehrere kleine Schiffe. Dein Onkel steuert auf die *Narnkönigin* zu.

„Fahrt Ihr nach Taros, Kapitän?"

Der Kapitän nickt. „Ja, Herr. Eine Passage kostet 2 Talente. Das Schiff legt in einer Stunde ab."

Ihr gebt ihm das Geld. (**Streiche 2 Talente aus deinem Protokoll** – wurde dein Geld gestohlen, bezahlt dein Onkel für dich.)

Da bis zur Abfahrt noch eine Weile Zeit ist, könntest du dich ein bisschen in Kell umsehen. Dir fällt das Geschäft ein, an dem ihr kurz zuvor vorbeigekommen seid. Möchtest du deinen Onkel fragen, ob er dich dorthin begleitet, → **114**.
Bleibst du lieber bei den anderen, → **69**.

128

Bei Tagesanbruch verlasst ihr die Taverne. „Bestimmt haben sie inzwischen entdeckt, dass wir entkommen sind", gibt Sandrick zu bedenken. „Wir werden nicht ohne weiteres durch das Tor kommen." „Bol und ich können als Wachen durchgehen. Für Euch beide müssen wir uns eine Verkleidung ausdenken", erwidert Sir Nokta. „Außerdem brauchen wir Pferde."
Der Marktplatz befindet sich in der Stadtmitte – ein großer quadratischer Platz, auf dem dicht an dicht Stände stehen. Ringsum liegen kleine Läden und überdachte Passagen. Lautstark preisen die Händler ihre Waren an. Auf der anderen Seite des Platzes werden Pferde und andere Tiere zum Verkauf feilgeboten.
Wollt ihr zuerst die Stände mit Nahrungsmitteln aufsuchen, → **59**.
Geht ihr gleich zu den Tuchhändlern, → **11**.

129

Du reißt deinen Bogen hoch. Dein Pfeil trifft den Räuber in die Brust. Mit einem verblüfften Ausdruck sinkt er zu Boden. Auch die übrigen Wegelagerer haben gegen die kampferfahrenen Ritter und Agoros keine Chance. Bald sind alle tot oder geflohen, während von euch keiner ernsthaft verletzt ist.

Der Rest der Nacht vergeht friedlich. Sobald es hell wird, reitet ihr weiter. Am frühen Vormittag erreicht ihr die Els, den Grenzfluss zwischen Kamor und Kalhamar. → **317**.

130 Du rückst ein Stück vom Feuer ab und rollst dich in deine Decke. Im Nu bist du eingeschlafen. Die Nacht vergeht ruhig und friedlich. Am nächsten Morgen brecht ihr zeitig auf. Gegen Mittag erreicht ihr Taros, die letzte Stadt vor der Grenze zu Kalhamar. → **175**.

131 Entscheide dich, ohne vorher nachzusehen, ob du zu Station **87** oder zu Station **197** gehen willst, und lies dort weiter.

132 Ihr vernehmt ein Klicken. Aus der Wand hinter euch schießt ein Feuerstrahl und verbrennt dich am Rücken. **Du verlierst 2 Lebenspunkte.** Die Figuren gleiten an ihre ursprünglichen Positionen zurück.
Willst du eine andere Reihenfolge ausprobieren, **lies bei der entsprechenden Station weiter.**
Gebt ihr auf und kehrt um, → **264**.

133 Du schlägst vor, euch ein wenig in der Bibliothek umzusehen. Vielleicht entdeckt ihr nützliche Hinweise. Dein Onkel denkt einen Moment nach und nickt schließlich. Er schickt dich mit Sandrick und

Sir Silan ins Gebäude, während er selbst mit den beiden anderen Rittern bei den Pferden bleibt.

Ihr betretet ein bemaltes Gewölbe, in dem Dutzende, mit Büchern und Pergamentrollen gefüllte Regale stehen. Du fragst den Bibliothekar, einen alten Mönch, nach Abhandlungen über die Tempelanlage von Kōs und die Ära der Schwarzen Druiden. Er weist auf zwei Regale am Ende des Gewölbes. Ihr überfliegt die Texte, soweit ihr sie lesen könnt, aber das meiste wisst ihr schon. Doch im hintersten Regal entdeckst du eine vergilbte Schriftrolle, die von den Katakomben berichtet. In Sgars Tempel liegt der Eingang zu den Grabstätten der alten Priester – ein unterirdisches Labyrinth, gespickt mit tödlichen Fallen. Später zogen sich die Schwarzen Druiden in die Katakomben zurück, weil sie sich dort vor ihren Feinden in Sicherheit wähnten.

Irgendwo dort unten liegt der Kristall, schießt es dir durch den Kopf.

Die Tür zum Labyrinth lässt sich nur durch eine dreistellige Zeichenfolge öffnen, welche die Anfangsbuchstaben der drei Götternamen kombiniert. Ab hier wird das Pergament leider durch Flecken unleserlich. Nur mit Mühe kannst du noch die ersten beiden Symbole entziffern.

Merke dir diese beiden Runen, du wirst sie später brauchen!

Ihr verlasst die Bibliothek und du berichtest den anderen von deiner Entdeckung.

Dein Onkel schlägt dir anerkennend auf die Schulter. „Gut gemacht, Mädchen." → **160**.

134 Du stolperst über lockeres Geröll, aber es gelingt dir, das Gleichgewicht zu bewahren. Endlich steht ihr wieder in der Höhle. Ein Schwall Staub folgt euch und verteilt sich in der Luft. Hinter euch prasseln weitere Gesteinsmassen herab.

Schwer atmend wischt sich Sir Nokta über die Stirn. „Alles in Ordnung, Thayet, Sandrick?"

Du unterdrückst einen Hustenanfall und nickst. Sandrick lehnt zitternd an der Wand, nickt jedoch ebenfalls. Nachdem ihr euch etwas gefangen habt, betretet ihr vorsichtig den rechten Gang. → **384**.

135 Die Flasche enthält einen **starken Heiltrank**. Wenn du ihn trinkst, darfst du deine Lebenspunkte wieder auf ihren Anfangswert setzen. Der Trank reicht für eine Anwendung.

Wollt ihr jetzt die Truhe öffnen, → **362**.

Klettert ihr lieber zurück nach oben, → **266**.

136 Auf der gegenüberliegenden Seite gehen zwei Türen ab. Während ihr noch überlegt, welche von beiden ihr nehmen sollt, öffnet sich die linke Tür und ein verhutzelter kleiner Mann tritt ein.

Missmutig mustert er euch. „Nanu, ungebetener Besuch?"

„Guten Tag", sagst du höflich. „Wir suchen den Ausgang auf der gegenüberliegenden Seite des Berges. Sag uns doch bitte, welche der beiden Türen die richtige ist."

„Und warum sollte ich das tun, häh? Was habt ihr hier überhaupt verloren?"

Du sinnst schon darüber nach, welche Geschichte du ihm auftischen sollst, als der Gnom in sich hinein kichert.

„Also gut, ich werde Euch einen Hinweis geben. Eine der beiden Türen führt nach draußen, die andere zurück in die Mine. Ich versichere euch, dass meine Frau euch sagen würde, die rechte Tür wäre diejenige, die ins Freie führt. Aber einer von uns beiden lügt."

„Was soll das sein?", fragt Sir Nokta schnaubend. „Ein Rätsel?"

„Wie hört es sich denn für Euch an?"

Vor Vergnügen glucksend läuft der Gnom an euch vorbei in die Mine.

„Warte!", ruft Sandrick ihm nach, aber der kleine Mann ist schon verschwunden.

„Großartige Hilfe", brummt Sir Nokta sarkastisch. „Vielleicht sollten wir einfach abstimmen."

Du denkst einen Moment nach. „Ich glaube, ich weiß, welchen Weg wir nehmen müssen."

Welche Tür willst du öffnen?

Die rechte, → **96**.

Die linke, → **120**.

137 Du musst nicht lange auf die anderen warten. Nachdem ihr euch gegenseitig einen guten Morgen gewünscht habt, macht ihr euch über das Frühstück her, das euch die Mönche hingestellt haben.

Nach dem Essen brecht ihr unverzüglich auf. Rechts von euch erstrecken sich weiterhin wogende Felder, während auf der linken Seite der Straße der Wald immer dichter wird. Kurz nach Mittag gelangt ihr an eine Gabelung. Geradeaus führt die Straße nach Wras, links zweigt der Weg nach Kell ab.

Wählt ihr den Weg nach Wras, → **20**.

Entscheidet ihr euch für Kell, → **94**.

138

Deine Gefährten hatten ebenso wenig Erfolg wie du.

„Nichts", sagt Sandrick. „Als hätte der Erdboden die Hütte verschluckt."

„Wir können nicht länger suchen", erwidert Sir Nokta. „Die Zeit drängt. Wir müssen zurückgehen und Nerlas Mann unseren Misserfolg eingestehen."

Als ihr am späten Abend bei Karoms Haus ankommt, kannst du den erwartungsvollen Blick des Mannes, der unversehens in Enttäuschung umschlägt, kaum ertragen. Er hört euren Bericht an und nickt niedergeschlagen.

„Ich danke Euch, dass Ihr Eure kostbare Zeit geopfert habt. Ihr habt mehr für uns getan, als ich zu hoffen wagte. Ich werde morgen selbst weitersuchen. Wenn Ihr sagt, dass die Hütte da war, werde ich sie finden."

Er lädt euch ein, die Nacht in seinem Haus zu verbringen. Sobald der Morgen graut, verabschiedet ihr euch und brecht auf. → **51**.

139
Hinter euch hört ihr ein vertrautes Rasseln. Ein Fallgitter hat euch den Rückweg abgeschnitten.

Kurz darauf kommt ihr zu einer Kreuzung.

Geht ihr weiter geradeaus, → **342**.

Wendet ihr euch nach links, → **424**.

Entscheidet ihr euch für den rechten Weg, → **248**.

140
Noch bevor du den Eingang erreichst, taucht aus der Dunkelheit der Mine eine absonderliche kleine Frau auf, die dir kaum bis zum Bauchnabel reicht. Ihr Gesicht ist verhutzelt und wird von zwei blassblauen Augen beherrscht, die sich bei eurem Anblick erschrocken weiten. Sie macht auf dem Absatz kehrt und will zurück in die Mine laufen.

„So warte doch!", rufst du ihr nach. „Wir tun dir nichts!"

Die Gnomin bleibt stehen und mustert euch argwöhnisch. „Was wollt Ihr, häh?" Ihre Stimme knarrt wie alte Holzdielen.

„Die Brücke ist eingestürzt. Kannst du uns sagen, ob es noch einen anderen Weg über den Fluss gibt?"

„Näh, hier gibt's keinen", erfolgt die schnelle Antwort – ein wenig zu schnell, wie dir scheint.

Möchtest du versuchen, die Gnomin mit Geld zu ködern, → **336**.

Tischt du ihr eine Lügengeschichte auf, → **190**.

Willst du ihr die Wahrheit erzählen, → **65**.

141 „Ohne die beiden Schlüssel macht es keinen Sinn, nach unten zu fahren", sagt Sandrick. „Wir müssen weitersuchen."

Wohl oder übel kehrt ihr um, wohl wissend, dass euch die Zeit davonläuft. → **398**.

142 Ihr lasst Wras hinter euch. Am frühen Abend erreicht ihr die Abzweigung nach Taros. Bald darauf führt die Straße durch einen dichten Nadelwald. Zwischen den hohen Tannen wird es rasch dunkler. Als der Weg an einer Lichtung vorbeiführt, gibt dein Onkel das Signal zum Halten. Inmitten hoher Gräser schlagt ihr euer Lager auf. Nach zwei unruhigen Nächten bist du todmüde und froh, dass dich dein Onkel nicht zur Nachtwache eingeteilt hat.

Möchtest du dich irgendwo ins Gras legen, → **130**.

Lässt du dich in einem Haufen Kiefernnadeln nieder, → **366**.

143 Dein Pfeil trifft die geflügelte Kreatur in die linke Schwinge. Mit einem klagenden Schrei stürzt sie zu Boden, wo ihr die beiden Ritter den Garaus machen, nachdem sie den anderen Flederdämon bezwungen haben.

Wollt ihr euch in der Höhle umsehen, → **57**.

Verlasst ihr diesen Ort lieber so schnell wie möglich, → **289**.

144 Selbst die Fackeln schaffen es kaum, den Gang vor euch zu erhellen. In den gemauerten Wänden klaffen Löcher, in denen sich etwas zu bewegen scheint. Oder erzeugen nur die flackernden Schatten diesen Eindruck? Du fühlst dich unbehaglich und würdest am liebsten umkehren. Kurz darauf steht ihr vor einer Wand, so dass euch tatsächlich nichts anderes übrigbleibt, als zurückzugehen. Und dann erkennst du, dass du dich nicht getäuscht hast: Aus den Löchern krabbeln handgroße, schwarze Skorpione. Du rufst den anderen eine Warnung zu und rennst los, während du versuchst, den Skorpionen auszuweichen, die plötzlich überall zu sein scheinen.

Endlich erreichst du wieder die Weggabelung, doch einige Skorpione haben dich gestochen. Das Gift macht dich schwindelig und verursacht dir Übelkeit. **Du verlierst 2 Lebenspunkte.**

Hast du danach noch mindestens 6 Lebenspunkte, → **215**.

Verfügst du über weniger als 6 Punkte, → **258**.

145

Welches Zeichen drehst du ins Fenster der innersten Scheibe?

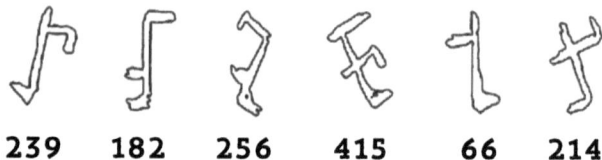

239   182   256   415   66   214

146

Ihr fahrt mehrere Meter in die Tiefe. Endlich kommt der Boden knirschend zum Halten. Hinter einem weiteren gemauerten Durchgang, der glücklicherweise nicht durch ein Fallgitter versperrt ist, öffnet sich ein großes Gewölbe. Szenen aus dem Leben der drei Götter schmücken die Wände.

Sir Bol wischt sich die Schweißtropfen von der Stirn. „Ich glaube, viel mehr Aufregung dieser Art verkraftet mein armes Herz nicht."

Im jahrhundertalten Staub auf den dunkel glänzenden Steinfliesen zeichnen sich Fußabdrücke und Schleifspuren ab.

„Die anderen waren hier!", rufst du. „Wir sind auf dem richtigen Weg!"

Sir Nokta runzelt sorgenvoll die Stirn. „Die Spuren weisen auf einen Kampf hin."

Am hinteren Ende des Gewölbes befindet sich eine hohe, vergoldete Doppeltür. Dein Herz beginnt zu klopfen, als ihr darauf zugeht. Hoffentlich kommt ihr nicht zu spät!

Die goldenen Türblätter glänzen im Licht eurer Fackeln geheimnisvoll. In beiden befindet sich ein Schlüsselloch.

Besitzt du zwei goldene Schlüssel, → 29.

Hast du nur einen goldenen Schlüssel, → **173**.
Verfügst du über keinen goldenen Schlüssel, → **304**.

147 Der Weg teilt sich erneut.
Geht ihr weiter geradeaus, → **380**.
Folgt ihr dem linken Weg, → **232**.

148 Während du den Obelisken betrachtest, fallen dir die Worte der Wahrsagerin ein. *Folge dem Gesicht, das nach Osten blickt.* Meinte sie dieses Gesicht?

„Existiert das Orakel noch?"

Sandrick zuckt mit den Schultern. „Das glaube ich nicht. Es dürfte ohnehin nur von den wahrhaft Verzweifelten aufgesucht worden sein. Der Ratsuchende musste nämlich zuerst selbst eine Frage beantworten, und die Sphinx tötete jeden, der ihr Rätsel nicht lösen konnte."

„Hm." Du erzählst ihm und dem Ritter von der Weissagung. „Vielleicht verrät uns das Orakel, wie wir den Kristall zerstören können."

Sir Nokta sieht dich ärgerlich an. „Ihr solltet nicht alles glauben, was Euch eine Wahrsagerin erzählt. Ich wette, diese Geschichte verkauft sie jedem Reisenden."

„Aber–"

„Schluss mit dem Unsinn! Kommt endlich weiter!"

Gibst du deinen Plan auf, → **187**.
Ist dein Verlangen, das Orakel zu suchen, stärker, → **37**.

149 An der nächsten Ecke liegt das Gasthaus Zu den gekreuzten Schwertern. Als du hinter deinem Onkel und Sir Bol eintrittst, schlägt dir der Gestank von Bier und Schweiß entgegen. Der Lärm ist ohrenbetäubend. Mühsam bahnt ihr euch einen Weg zur Theke. Dein Onkel muss beinahe zwei Minuten brüllen, bevor euch der Wirt endlich hört. Auf eure Frage nach einem Zimmer schüttelt er den Kopf.

„Ich bedaure, meine Herren Ritter, das letzte Zimmer habe ich vorhin weggegeben. Wegen des Gauklerfests platzt die Stadt aus allen Nähten."

In diesem Moment kommt die Frau des Gastwirts hinzu. Sie hat seine letzten Worte gehört und schlägt die Hände über dem Kopf zusammen. „Aber Mann, wie kannst du den Rittern des Königs die Tür weisen! Ich bin sicher, wir können einige der anderen Gäste umquartieren – vielleicht in den Stall."

In die Augen des Wirts tritt ein schlaues Funkeln und er nickt eifrig. „Gegen eine gewisse Abfindung würde sich das wohl machen lassen. Ihr versteht …"

Wollt ihr dem Vorschlag des Wirts zustimmen, → **347**.

Erklärt ihr stattdessen, selbst im Stall schlafen zu wollen, → **298**.

Versucht ihr euer Glück in einem anderen Gasthof, → **55**.

150 Du bemerkst, dass euch die alte Frau über den Rand ihrer Schale hinweg lauernd beobachtet. Misstrauisch geworden, willst du die beiden anderen warnen, aber sie haben ihre Tassen bereits zur Hälfte leer getrunken. Du täuschst nur vor, von deinem Tee zu trinken, und schüttest ihn in einem unbeobachteten

Augenblick unter die Bank. Du beobachtest das kleine Mädchen, das vor dem Kamin sitzt und mit einer Puppe spielt.

„Ist das deine Enkelin?" fragst du die Alte.

Sie nickt und fährt dann fort, Sandrick und Sir Nokta die Heilkraft diverser Kräuter zu erklären. Die Beiden wirken entspannt und zufrieden und du bedauerst schon, deinen Tee weggegossen zu haben.

Bald fallen euch vor Müdigkeit die Augen zu, und die Alte führt euch in den Nebenraum, in dem mehrere Strohmatten liegen, auf die ihr euch zum Schlafen bettet.

Früh am nächsten Morgen wirst du vom Gekreische einiger Häher geweckt, die sich vor dem Haus zanken. Du berührst Sandrick an der Schulter und rufst leise seinen Namen.

Er rollt sich herum und schlägt die Augen auf. „Wer bist du?", fragt er verwirrt.

„Wer ich bin? Sag' mal, du hast doch gestern gar keinen Wein getrunken!"

Auf der anderen Matte regt sich Sir Nokta. „Guten Morgen", sagt er gähnend. „So früh schon auf? Der Tag ist ja noch jung."

„Nun, je früher wir aufbrechen, desto besser."

Er sieht dich verständnislos an. „Aufbrechen? Wohin?"

Du wirst ärgerlich. „Hört auf mit dem Unsinn, Sir Nokta! Was soll das?"

„Ich verstehe nicht, wovon Ihr sprecht, meine Dame. Sollten wir einander kennen?"

Du starrst ihn an. „Was ist los mit euch? Seid ihr alle beide verrückt geworden?"

Im selben Moment geht es dir auf: nicht verrückt, sondern verhext! Die Alte hat etwas in den Tee gemischt!

„Warte nur, du Hexe!"

Du ziehst deinen Dolch und stürmst aus dem Zimmer. Die Stube ist leer, doch durch das Fenster siehst du die alte Frau in ihrem Beet hantieren. Neben ihr sitzt das kleine Mädchen und pflückt Blumen, doch darauf kannst du jetzt keine Rücksicht nehmen. Du reißt die Tür auf. Als das Kräuterweib die Waffe in deiner Hand bemerkt, verfinstert sich ihr Blick. Das Kind beginnt zu weinen und versteckt sich hinter ihrem Rücken.

Drohend baust du dich vor der Alten auf. „Was hast du mit meinen Freunden gemacht, du alte Hexe?"

„Ich habe ihnen kein Leid zugefügt", antwortet sie mürrisch. „Sie haben lediglich vergessen, wer sie sind und woher sie kommen." Sie lacht meckernd. „Was für eine Rolle spielt das schon?"

Du fasst den Dolch fester. „Kannst du die Wirkung rückgängig machen?"

Sie zuckt mit den Schultern und nickt.

„Dann koche Tee und füge die Kräuter hinzu – aber diesmal wirst du ihn zuerst trinken! Ich will sichergehen, dass du ihn nicht vergiftest."

Offenbar hat die Hexe das richtige Kraut in die Kanne getan, denn ihr habt euer Frühstück kaum beendet, als Sir Nokta – wieder ganz der Alte – zum Aufbruch drängt. „Nach Tekla' Mahlish ist es noch ein gutes Stück Weg. Wir können von Glück reden, wenn wir morgen Abend ankommen. – Hab Dank für deine Gastfreundschaft, werte Frau."

Er will der Alten Geld geben, aber als sie deinen drohenden Blick sieht, schüttelt sie den Kopf. Auf deinem Weg nach draußen lässt du unauffällig etwas von dem **Vergiss-mich-Kraut** mitgehen, das in einem Strauß über der Feuerstelle hängt. Wer weiß, wofür du es einmal gebrauchen kannst.

Am frühen Nachmittag öffnet sich der Wald auf eine von Felsen durchbrochene, mit Heide bestandene Wiese. Ihr erreicht einen Hirtenpfad und folgt ihm, bis er sich auf einer Anhöhe teilt. Der linke Pfad führt in südöstlicher Richtung nach unten in ein kleines Tal, während der rechte in halber Höhe am Berg entlang nach Süden verläuft. Im Tal könnt ihr ein einzelnes Gehöft erkennen, vor dem Schafe weiden. Sir Nokta meint, dass hinter dem nächsten Berg die Kulmanebene beginnen müsste, an deren nordwestlichem Ende Tekla' Mahlish liegt. Wenn ihr die Handelsstraße erreicht, die aus Altanien kommt, habt ihr vielleicht Glück und jemand nimmt euch mit in die Stadt.

Wollt ihr durchs Tal gehen, → **322**.

Schlagt ihr den Pfad am Hang ein, → **290**.

151 Du hechtest nach vorn und springst über die einbrechenden Platten.

Hältst du dich mehr rechts, → **21**.

Bleibst du eher links, → **395**.

152 Du ziehst deinen Dolch und stößt nach dem ausgestreckten Arm des Räubers. Überrascht springt er einen Schritt zurück. Im selben Moment schießt ein blauer Blitz an dir vorbei und trifft deinen Angreifer in die Brust. Stöhnend sinkt er zu Boden. Als du den Kopf wendest, siehst du Agoros, der sich schon dem nächsten Wegelagerer zuwendet.

Wenig später ist der Kampf beendet. Die Räuber haben gegen die kampferprobten Ritter und den Magier keine

Chance. Bald sind alle tot oder geflohen, während von euch keiner ernsthaft verletzt ist.

Der Rest der Nacht vergeht ohne Zwischenfälle. Sobald es hell wird, reitet ihr weiter. Am frühen Vormittag erreicht ihr die Els, den Grenzfluss zwischen Kamor und Kalhamar. → **317**.

153 Auf eurem Weg kommt ihr an einer Menschenansammlung vorbei, die einem drahtigen, schwarz gewandeten Mann zuschaut, der mit redegewandter Stimme und flinken Fingern eindrucksvolle Zauberkunststücke vorführt. Offenbar nähert sich die Darbietung ihrem Höhepunkt, denn in diesem Augenblick verkündet der Zauberer, er werde sich unsichtbar machen.

Willst du bleiben und sehen, was passiert, → **26**.

Geht ihr weiter, → **181**.

154 Beim Frühstück macht Sir Bol den Vorschlag, mit dem Schiff nach Taros zu fahren. Sandrick, der vom Reiten schon ganz steifbeinig ist, stimmt sofort zu. Dein Onkel und Sir Nokta sind dafür weiterzureiten, weil ihr so schneller vorankämet. Sir Bol hält dagegen, dass die Wasserroute viel kürzer sei als der Weg über Land. Sir Silan zuckt gleichgültig mit den Schultern, so dass es nun an dir ist, die Abstimmung zu entscheiden.

Möchtest du mit dem Schiff fahren, → **9**.

Entscheidest du dich für den Landweg, → **172**.

155 Das Schloss wird von drei konzentrischen Scheiben gebildet, auf denen fremdartige Schriftzeichen angeordnet sind. Quer über die Scheiben verläuft ein Riegel mit drei Fenstern. Offenbar müssen die Scheiben in eine bestimmte Position gebracht werden.

Kennst du einen Teil der Kombination, um die Tür zum Labyrinth zu öffnen, → **33**.
Wenn nicht, → **244**.

156

Als der Keiler zu Sandrick herumschwenkt, lässt du den Pfeil von der Sehne schnellen. Doch er prallt an der metallenen Haut ab. Mit unverminderter Heftigkeit stürmt das Tier vorwärts. Sandrick springt zur Seite, doch er ist nicht schnell genug. Die Hauer des Keilers streifen seinen linken Oberschenkel und reißen die Haut auf. Stöhnend sinkt er gegen die Wand.

Du wirfst deinen Bogen weg und ziehst deinen Dolch. Mit einem wilden Schrei stürzt du dich auf den Keiler. Doch auch dein Dolch kann gegen die Metallhaut nichts ausrichten. Schnaubend wendet der Keiler den Kopf und verletzt dich mit seinen Hauern am Arm. **Du verlierst 2 Lebenspunkte.**

Willst du jetzt einen silbernen Pfeil abschießen, → **249**.
Befindet sich ein solcher nicht in deinem Besitz, → **39**.

157

Einer der Wächter lacht schnaubend. „Damit du uns dann verhexen kannst, oder was? Glaubt ihr im Ernst, wir fallen darauf herein?"

Die Wachen wenden sich wieder ihren Karten zu.

Sandrick stößt enttäuscht die Luft aus. „Das war wohl nichts."

Möchtest du den Wächtern Mogrebs Ring als Gegenleistung für den Krug anbieten, → **351**.

Hast du ihn nicht oder willst du dich nicht davon trennen, → **257**.

158 Du sinkst vor Schmerzen auf die Knie und umklammerst deinen Magen. Doch dein Körper ist stark genug, um das Gift zu verarbeiten, und nach einigen peinigenden Minuten lassen die Krämpfe nach.

„Sandrick hat Euch gewarnt", hält dir Sir Nokta vor. „Ihr könnt von Glück reden, dass Ihr einen so starken Magen habt."

Doch die Erleichterung ist ihm deutlich anzumerken. → **352**.

159 Das Pulver im Krug hat genau die gleiche Farbe wie die Flammen. Das bringt dich auf eine Idee. Du schüttest etwas davon in deine Hand und wirfst es in die Feuerwand. Zischend wechselt die Farbe der Flammen zu einem dunklen Blau. Die Hitze lässt nach, und als du vorsichtig deine Hand ausstreckst, kannst du die Flammen berühren, ohne dich zu verbrennen.

„Das ist fantastisch!", ruft Sandrick begeistert. Bevor ihn jemand daran hindern kann, springt er durchs Feuer. „Kommt her!", hört ihr seine Stimme von der anderen Seite. „Das müsst Ihr euch ansehen!"

Du gibst dir einen Ruck und trittst in die Flammen, die angenehm warm um deinen Körper spielen. Du findest dich in einem großen Raum mit gewölbter Decke wieder. An den Wänden, die Sgar bei der Jagd zeigen, stehen mehrere Prunksarkophage. Vermutlich liegen hier Sgars

Hohepriester begraben, allesamt selbst leidenschaftliche Jäger, so heißt es. Am Ende des Gewölbes befindet sich eine mannshohe, silberne Statue. Sie stellt Sgar dar, der einen toten Keiler über der linken Schulter trägt. Über der anderen Schulter hängen ein Bogen und ein Köcher mit Pfeilen. An Sgars rechter Hand schimmert ein goldener Ring mit einem großen blauen Stein.

Willst du versuchen, den Ring abzustreifen, → **23**.

Möchtest du einen der silbernen Pfeile aus dem Köcher nehmen, → **378**.

Rührst du die Statue lieber nicht an, → **209**.

160 Einige hundert Meter weiter erreicht ihr die Stelle, die der Straße ihren Namen gab. Mitten auf einem von Gundabäumen gesäumten Platz erheben sich drei schwarz glänzende, im Dreieck angeordnete Säulen. In Augenhöhe sind alte Schriftzeichen in die Säulen geritzt, die du aber nicht entziffern kannst. Dein Onkel schätzt die Wahrscheinlichkeit, hier einen Gasthof zu finden, äußerst gering ein und ihr beschließt, zur Nördlichen Handelsstraße zurückzukehren. → **149**.

161 Nach einer kurzen Rast geht ihr weiter. Und dann liegt sie vor euch – die Orakelstätte von Jakura. Ihr steigt die letzten Stufen zu dem zerfallenen, von Unkraut überwucherten Tempel hinauf. Du lässt deine Hand über die verwitterten Reliefs neben dem Eingang gleiten. „Sieht so aus, als sei lange niemand hier gewesen."

Sir Nokta schnaubt sarkastisch. „Wundert Euch das?"

Vorsichtig und auf alles gefasst, betretet ihr die Orakelstätte. Im Innern herrscht ein geheimnisvolles Zwielicht. In den vereinzelten Lichtstrahlen, die ihren Weg durch die rissige Decke finden, tanzen Staubkörner. Es ist unheimlich still, nicht einmal Vögel singen.

Vor der hinteren Wand liegt eine steinerne Sphinx, die im Gegensatz zu ihrer Umgebung vom Verfall verschont geblieben ist. Zwischen ihren Vorderkrallen ist eine Schale eingelassen. Auf deren Boden steht ein gemeißelter Spruch:

Füllst du Wasser hier hinein,
wird dir die Sphinx zu Diensten sein.
Doch löst du ihr Rätsel nicht,
verbrennt dich ihr Augenlicht.

„Klingt nicht eben einladend", meint Sandrick zweifelnd. „Sollen wir es wirklich wagen?"
Du schluckst tapfer. „Wozu sind wir sonst hergekommen?"
Hast du Wasser aus dem Brunnen geschöpft, → **88**.
Hast du das nicht, → **320**.

162 Wenige Schritte später mündet der Gang in einen Querstollen.
Geht ihr nach links, → **4**.
Wendet ihr euch nach rechts, → **116**.

163 Der Gang beschreibt eine scharfe Linkskurve, dann eine Rechtskurve und führt anschließend eine Weile geradeaus, ehe er in einen Quergang mündet. Da der linke Gang nach wenigen

Metern durch ein Fallgitter versperrt ist, schlagt ihr den rechten Weg ein. → **97**.

164 Du erklärst Sandrick, dass du lieber ein bisschen in die Landschaft schaust, und wünschst ihm Glück, als er allein zu dem Mann hinübergeht. Gerade unterhältst du dich mit Sir Bol und Sir Nokta, als sich Mogrebs Neffe wieder zu euch gesellt und enttäuscht erklärt, das letzte Rätsel habe er nicht lösen können. → **374**.

165 Ihr schlagt euer Lager auf einer kleinen Lichtung auf und haltet abwechselnd Wache. Du hast die letzte Schicht übernommen. Doch von den Aufregungen des vorangegangenen Tages bist du so müde, dass du einnickst.

Du erwachst von einem Rascheln und Schmatzen in deinem Rücken. Als du herumfährst, siehst du dich einem Gugabären von der Größe eines Kleinkindes gegenüber, der deine Tasche geöffnet hat und sich über deinen Proviant hermacht. Deine übrigen Sachen hat er um sich herum verstreut. Alles ist voller Brotkrümel und Obststücken.

Du springst auf und fuchtelst wild mit den Armen. „Geh weg! Verschwinde! Das ist mein Frühstück!"

Du versuchst, dem Bären deine Tasche zu entreißen, aber er hält sie mit einer Tatze fest und schlägt mit der anderen nach dir.

„Au, das tut weh! Blöder Bär!"

Der Lärm weckt Sandrick und Sir Nokta. Aber statt dir zu helfen, stehen sie einfach nur da und halten sich vor Lachen die Bäuche. Endlich erbarmt sich der Ritter und verscheucht den Bären. Brummend lässt der Guga deine Tasche fallen und trollt sich, nicht ohne zuvor noch deinen letzten Apfel zu stehlen. Missmutig blickst du auf das Chaos um dich herum und beginnst, deine Sachen einzusammeln. Sir Nokta braucht dir gar keine Strafpredigt zu halten, du hast deine Lektion auch so gelernt.

Gegen Mittag kommt ihr zu einer Wiese, aus der vereinzelt Wacholderbüsche in den Himmel ragen. In der Ferne grast eine Herde Schafe. Eine Weile folgt ihr einem Hirtenpfad. Sir Nokta meint, dass hinter dem nächsten Berg die Kulmanebene beginnen müsste, an deren nordwestlichem Ende Tekla' Mahlish liegt. Wenn ihr die Handelsstraße erreicht, die aus Altanien kommt, habt ihr vielleicht Glück und jemand nimmt euch mit in die Stadt.

Ihr verlasst daher den Hirtenpfad und lauft querfeldein nach Süden. → **187**.

166

Einen Fuß neben den anderen setzend, schiebst du dich an der Felswand entlang. Als du die andere Seite beinahe erreicht hast, bricht unter dir das Gestein weg. Verzweifelt versuchst du, das Gleichgewicht zu bewahren, aber du kannst auf dem bröckelnden Sims keinen Halt finden. Mit einem gellenden Schrei stürzt du in die Tiefe.

Dein Abenteuer endet hier.

167 Habt ihr das Netz zu einem früheren Zeitpunkt zerrissen?

Wenn ja, → **285**.
Falls nicht, → **44**.

168 Der Gang führt durch eine schmale Kammer. In einer Nische auf der linken Seite steht die lebensgroße, steinerne Statue des dunklen Gottes Mon. Der wolfsköpfige Gott hat die Hände zu einer Schale geformt. In den Sockel ist ein Spruch eingraviert:

> *Passieren lässt dich Gold allein,*
> *sonst droht dir namenlose Pein.*

Besitzt du etwas Goldenes, das du in die Hände der Statue legen kannst, → **413**.
Hast du nichts oder willst du es nicht hergeben, → **356**.

169 „Vielleicht solltest du lieber nicht-", beginnt Sandrick, als du deine Hände zu einer Schale formst und in den Wasserstrahl hältst. Doch bevor dich jemand daran hindern kann, hast du einen Schluck von dem Wasser getrunken. Nichts Schlimmes passiert. Im Gegenteil, du fühlst dich wunderbar erfrischt. Du hast aus einer Heilquelle getrunken und **darfst dir 4 Lebenspunkte gutschreiben**.
Seid ihr auf dem Weg nach Osten, → **212**.
Führt euch euer Weg nach Westen, → **367**.

170 Du springst auf die erste Steinplatte. Nichts geschieht.

Welchen Buchstaben wählst du als nächsten?

A, → **286**.

R, → **410**.

G, → **235**.

171 Kaum hast du das Kästchen aus Itahs Händen genommen, geben die Steinplatten unter deinen Füßen nach. Haltlos stürzt du in eine Grube mit aufgerichteten Speeren.

Dein Abenteuer endet hier.

172 Als ihr die Herberge verlasst, bemerkst du ganz am Ende der Gasse einen kleinen Kräuterladen, der dir gestern Abend im Dunkeln nicht aufgefallen ist.

Möchtest du den Laden betreten, → **98**.

Willst du das nicht, → **397**.

173 Du steckst den Schlüssel ins Schloss und drehst ihn herum. Ein leises Klicken ist die Antwort. Du willst ihn nun in das andere Schlüsselloch stecken, aber er lässt sich nicht herausziehen, ohne ihn zurückzudrehen. Ohne den zweiten Schlüssel könnt ihr die Tür nicht öffnen.

„Wir müssen zurück", erwiderst du. „Dieser Schlüssel stammt aus den Grabgewölben. Bestimmt finden wir irgendwo noch einen zweiten."

„Dein Wort in Sgars Ohr", brummt Sir Bol.

„Sgar wird uns helfen", sagt Sandrick überzeugt. „Er wird nicht zulassen, dass sein dunkler Bruder durch Mogreb triumphiert."

Ihr fahrt wieder nach oben. Das Fallgitter hebt sich, und ihr geht den Weg zurück, den ihr gekommen seid. → 398.

174 Mit fliegenden Fingern holst du den Tarnumhang aus der Tasche. Aus deiner Deckung heraus streckst du zwei der Angreifer nieder (**streiche 2 Pfeile aus deinem Protokoll**). Doch du hast nicht daran gedacht, dass der Tarnumhang weder dein Pferd noch deine Waffe verbirgt. Nachdem ihre anfängliche Überraschung verflogen ist, greifen dich die Untoten blind an. Einer von ihnen trifft dich mit seinem Stock schmerzhaft am Schienbein, ein anderer fügt dir unmittelbar darauf eine Fleischwunde am Oberschenkel zu (**ziehe dir 2 Lebenspunkte ab**). Du siehst ein, dass dir der Tarnumhang nicht weiterhilft. Du musst dir schleunigst etwas anderes einfallen lassen!

Was willst du als nächstes einsetzen?

Die Geisterarmee aus dem Tongefäß, → 392.

Den Ring, → **301**.
Besitzt du weder das eine noch das andere, → **216**.

175 Auf den Straßen drängen sich Vertreter beinahe aller Rassen der westlichen und südlichen Länder. Lachen, Rufe und Flüche umschwirren euch wie wilde Bienen und verbinden sich mit dem Klappern von Hufen und dem Rattern und Quietschen schwerer Wagen zu einem Netz aus Lärm. Nachtschatten, solch buntes Treiben hast du noch nicht erlebt!

Sandrick hat Mogreb einmal zur Magiergilde begleitet, aber er kann sich nicht mehr erinnern, wo genau das Gebäude liegt. Ihr fragt deshalb einen Händler nach dem kürzesten Weg.

Eine geschlagene Stunde und drei Wegbeschreibungen später steht ihr endlich vor einer hohen Mauer, hinter der sich das majestätische Gebäude der kamorischen Magiergilde erhebt. Ihr übergebt eure Pferde den Stallknechten und klopft an das hohe halbrunde Portal. Ein junger Mann öffnet euch, und ihr bittet ihn, euch zum Hochmeister zu bringen. Nachdem ihr erklärt habt, im Auftrag des Königs unterwegs zu sein, führt euch der Adept in einen kleinen Raum mit Bänken an den Wänden und bittet euch zu warten. Kurz darauf kehrt er zurück und winkt euch zu einer offenen Tür.

Im Raum dahinter wartet ein alter, in ein wallendes, dunkelblaues Gewand gekleideter Magier mit langem, schlohweißem Haar und Bart. Seine Augen strahlen Weisheit aus, aber auch eine gehörige Portion Humor.

„Seid mir willkommen, Gesandte des Königs. Was verschafft mir die Ehre Eures Besuches?" Sein Blick bleibt an Mogrebs Neffen hängen. „Ich erinnere mich an Euch, junger Sandrick. Ein vielversprechendes Talent."

Sandrick wird rot und stottert einen Dank.

Dein Onkel berichtet dem Hochmeister von Mogreb und eurem Vorhaben, dessen wahnsinnige Machtpläne zu vereiteln. Agoros unterbricht Beren nicht ein einziges Mal, doch auf sein Gesicht malen sich nacheinander Fassungslosigkeit, Entsetzen und tiefe Nachdenklichkeit.

„Mogreb und der Seelenfänger – fürwahr eine unheilvolle Verbindung." Der Magier beginnt, langsam auf und ab zu schreiten. „Wir müssen ihn so schnell wie möglich einholen, bevor er Zeit hat, den Seelenkristall an sich zu bringen. Da er Kareins Amulett gestohlen hat, bleibt uns zur Verteidigung gegen den Seelenfänger nur noch das Amulett von Agathos – nicht eben viel für sieben Leute." Er macht eine kurze Pause. „Das Amulett fanden wir damals bei Agathos' Sachen."

Er ruft den Adepten, der euch eingelassen hat, und wechselt einige kurze Sätze mit ihm. Der junge Mann nickt und entfernt sich. Kurz darauf kehrt er zurück und überreicht Agoros eine Schatulle. Darin liegt eine Kette mit einem durchscheinenden Anhänger. Der Magier nimmt sie heraus und hängt sie sich um den Hals. „Mit etwas Glück können wir noch ein zweites Amulett beschaffen", fährt er fort. „Das von Epicharis dürfte sich noch im Besitz ihrer Familie befinden. Sie hatte einen Bruder, dessen Nachfahren in Tekla' Mahlish leben – zwei Schwestern mit Namen Ja'ana und Nerla. Wir dürfen keine Zeit verlieren, denn möglicherweise hat Mogreb es auch auf dieses Amulett abgesehen."

Er eilt zu einem großen Schrank in der Ecke und holt einen Umhang und einen knorrigen Stab heraus. Ein trauriges

Lächeln huscht über seine Züge. „Es ist lange her, dass ich zuletzt eine Reise über die Grenzen Kamors hinaus unternommen habe – einer der Nachteile des Hochmeisteramtes. Ich wünschte nur, der Anlass wäre ein anderer." Er wirft sich den Umhang um die Schultern und umfasst mit der rechten Hand den Stab.

Hast du in Mogrebs Gemächern einen Ring gefunden?

Falls ja, → **117**.

Wenn nicht, → **253**.

176   Ihr wünscht euch gegenseitig Glück. Du läufst an der Stadtkommandantur vorbei und verbirgst dich in einem anderen Hauseingang. Mogrebs Neffe schlendert, scheinbar in Gedanken versunken, an den Wachen vorbei und hält die Hände dabei konzentriert ausgestreckt. Aus dem Nichts erscheint ein blauer Lichtball, dann ein zweiter. Sandrick jongliert unbeholfen mit ihnen. Die Wächter stoßen sich an und sehen ihm lachend zu. Du nutzt ihre momentane Unaufmerksamkeit, um hinter ihnen vorbei durchs Tor zu schleichen.

Einer der Wächter packt dich grob am Arm. „Halt! Wohin willst du?"

Sandrick will dir zu Hilfe eilen, aber der zweite Wächter fängt ihn ab. „Hier geblieben, Bürschchen!"

„Sieht so aus, als hätten wir die beiden Begleiter dieses Ritters geschnappt, Belk", meint der Mann, der dich festhält.

„Na, das wird den Hauptmann freuen!"

Die Wachen bringen euch ins Verlies. Die Luft riecht feucht und modrig. Du schauderst bei dem Gedanken, hier auf unbestimmte Zeit festzusitzen. Als euch die Wächter in die Zelle eurer Gefährten stoßen, springen die beiden Ritter auf.

„Bei Sgar, wie kommt Ihr beide hierher?", ruft Sir Bol aus.

„Wir wollten Euch befreien", antwortest du betreten.

Sir Nokta starrt dich an. „Was wolltet Ihr? Wo habt Ihr Euren Verstand gelassen, Mädchen?"

„Ihr könntet ruhig ein bisschen mehr Dankbarkeit zeigen", sagt Sandrick entrüstet. „Immerhin haben wir es für Euch getan!"

„Genau das meine ich ja. Verrückt – alle beide!"

„Hört Euch den alten Brummbären an", sagt Sir Bol. „Ich freue mich jedenfalls, Euch wieder zu sehen, auch wenn es unter diesen unerfreulichen Umständen ist."

„Aber warum seid Ihr überhaupt hier, Sir Bol?", willst du wissen.

Der Ritter seufzt. „Agoros war der Meinung, es sei das Beste, so schnell wie möglich nach Kōs weiterzureiten, deshalb hat Beren mich allein zu Ja'ana geschickt. Doch Mogreb war vor mir dort – sie lag tot am Boden. Ich war dabei, mich umzusehen, als die Stadtwache auftauchte und mich festnahm. Ich habe versucht, diesen Schwachkopf von Hauptmann von meiner Unschuld zu überzeugen, aber er hat nicht mal zugehört. Seitdem sitze ich hier. – Ihr könnt nicht zufällig Schlösser öffnen, Sandrick?", fragt er hoffnungsvoll.

Mogrebs Neffe schüttelt unglücklich den Kopf. „Ich fürchte, nein."

Hast du Vergiss-mich-Kraut bei dir, → **6**.

Wenn nicht, → **387**.

177 Glücklicherweise hält der Gang keine weiteren tödlichen Überraschungen bereit. Einmal mehr quetscht ihr euch an der Felskugel vorbei. Der Gang vor euch wird durch ein Fallgitter blockiert, doch von dieser Seite lässt es sich mittels eines versteckten Hebels öffnen. Kaum habt ihr es passiert, fällt es hinter euch wieder zu. Langsam gewöhnst du dich daran.
→223.

178 Nach wenigen Dutzend Schritten endet der Gang an einer Wand. Es bleibt euch nichts anderes übrig, als umzukehren.
Geht ihr geradeaus, → 189.
Biegt ihr in den rechten Gang ein, → 262.

179 Der Weg endet an einer weiteren Tür, die auf einen düsteren Gang führt. Links von euch ragt eine Wand auf, so dass ihr nicht sagen könnt, ob ihr auf den Hauptweg zurückgekehrt seid.
Ihr nähert euch einer Gabelung, als hinter euch ein Rasseln ertönt. Ein Fallgitter hat euch den Rückweg abgeschnitten.
Wollt ihr weiter geradeaus gehen, → 189.
Schlagt ihr den rechten Weg ein, → 262.

180 „Ich wünschte, wir könnten deine Tochter selbst holen", sagt Sir Nokta, nachdem er Nerlas Mann den Weg beschrieben hat, „aber die Zeit rennt uns davon. Der Schwarze Magier darf nicht triumphieren."

„Ihr müsst Euch nicht entschuldigen", wehrt Karom ab. „Ich bin sicher, dass ich unsere Tochter finden werde. – Aber was ist mit dem Amulett?"

Sir Nokta zuckt mit den Schultern. „Hoffen wir, dass wir es nicht brauchen. Lebt wohl – und viel Glück!"

„Das wünsche ich Euch auch – uns allen."

→ 51.

181 Als ihr euch den Pferdehändlern nähert, entdeckst du mehrere Stadtgardisten, die sich zwischen den Käufern herumtreiben.

„Die suchen bestimmt uns!"

Ihr verbergt euch hinter einem Stand und wartet, bis die Gardisten den Markt verlassen haben. Dann geht ihr zu den Händlern und sucht unter den reichlich abgehalfterten Gäulen vier Tiere aus, die nicht so aussehen, als würden sie gleich zusammenbrechen.

„Hoffentlich bringen sie uns wenigstens bis Kōs", stöhnt Sir Bol. „Wenn ich an meinen guten Falf denke, bricht mir das Herz."

Sandrick und du reitet zuerst durchs Stadttor. Die anderen folgen euch, als Wachen verkleidet, mit einigem Abstand. Jeden, der die Stadt verlässt, mustern die Torwächter durchdringend. Dir wird mulmig, doch eure Verkleidung ist gut gewählt – ihr bleibt unbehelligt.

Ihr folgt der Handelsstraße in gemäßigtem Tempo, bis ihr hinter euch das Getrappel von Hufen hört. Halb hoffend, halb bangend, wendest du den Kopf und blickst erleichtert in die Gesichter der beiden Ritter.

„Das war leichter, als ich dachte", sagt Sir Bol froh.

Vor euch ragt bereits das Abatagebirge auf, in dessen Zentrum das Ziel eurer Reise liegt. Am späten Vormittag lasst ihr die Kulmanebene hinter euch. Die Straße wird schmaler und windet sich in zahlreichen Kurven die bewaldeten Hänge hoch. Der Wald wird immer lichter, je höher ihr kommt, bis nur noch vereinzelte Fichten euren Weg begleiten. Ein kalter Wind frischt auf. Fröstelnd ziehst du dir den Umhang fester um die Schultern.

Als ihr an einem überhängenden Steilhang vorbeireitet, gibt Sir Nokta das Zeichen zum Halten. „Wir sollten hier unser Lager aufschlagen. Es wird bald dunkel und wer weiß, ob wir noch einmal einen geeigneten Platz finden."

Obwohl du Angst davor hast, was der morgige Tag bringen mag, gelingt es dir, den größten Teil der Nacht durchzuschlafen. Im Morgengrauen reitet ihr weiter. Am Nachmittag lasst ihr die letzte Baumreihe hinter euch. Von jetzt an trotzt nur noch struppiges Gebüsch dem scharfen Wind, der heulend um eure Beine streicht und eure Umhänge bläht.

Als ihr um eine weitere Kurve biegt, deutet Sir Nokta auf einen engen Einschnitt vor euch. „Da vorn liegt der Kelapass."

„Idealer Ort für einen Hinterhalt", sagt Sir Bol. „Seid vorsichtig!"

Der Pass ist so schmal, dass ihr hintereinander reiten müsst. Die fast schwarzen Felswände schlucken das Licht und du hast beinahe das Gefühl, in einen Tunnel einzutauchen. Ungefähr in der Mitte vernimmst du ein Rumpeln und Poltern. Unmittelbar darauf stürzt hinter euch ein Felsbrocken auf den Weg. Beinahe hätte er Sir Bol getroffen! Auch vor euch regnen Steine auf den Weg.

Sir Nokta gibt seinem Pferd die Sporen. Sandricks Tier scheut und steigt. Mit einem erschrockenen Schrei stürzt Mogrebs Neffe zu Boden.

Zügelst du dein Pferd, um Sandrick hinter dir aufsitzen zu lassen, → **118**.

Willst du lieber so schnell wie möglich aus der Gefahrenzone entkommen, → **278**.

182

Nichts geschieht.

Entschlossen startest du einen neuen Versuch (→ **145**).

War dies dein dritter Versuch, → **408**.

183

Der Rätselerzähler ist ein alter Mann mit hagerem Gesicht und einem langen, graumelierten Bart. Außer dir und Sandrick beteiligen sich noch drei Städter an dem Wettstreit, von denen einer aussieht wie ein Gelehrter. Als Preis winkt eine kleine hölzerne Drachenskulptur. Der Einsatz beträgt 1 Gulden. Hast du kein Geld mehr, setzt Sandrick großzügig für dich mit. Der Rätselerzähler lehnt sich zurück und beginnt:

„Ich liege in einem Bett und doch schlafe ich nie,
ich bewege mich immerzu und habe doch keine Beine,
ich bleibe stets der gleiche und bin doch niemals derselbe.
Was bin ich?"

Weißt du die Antwort, **lies bei der Lösungszahl weiter**, die du folgendermaßen ermittelst: Jedem Buchstaben des Alphabets wird eine Zahl zwischen 1 und 26 zugeordnet

(A=1, Z=26). Ermittle nun zu jedem Buchstaben des Lösungswortes die entsprechende Zahl und addiere sie (Beispiel: B-A-U-M: 2+1+21+13=37, die Lösungszahl wäre 37).
Kannst du das Rätsel nicht lösen, → **265**.

184
Du denkst an die flirrende Luft, doch nichts verändert sich.

„Versucht es noch einmal!", sagt Agathos drängend. „Nur Ihr könnt das Tor wiederfinden, weil Ihr es geöffnet habt."
Du konzentrierst dich, so fest du kannst. Der schwarze Turm verschwindet. Ihr steht mitten auf der Ebene, doch von einem Tor ist weit und breit nichts zu sehen.
„Oh nein, es ist zu spät!", ruft Epicharis entsetzt. „Das Tor hat sich geschlossen. Wir sind wieder gefangen!"
Als du daran denkst, dass in deiner Welt möglicherweise Jahrhunderte vergehen, ehe du zurückkehrst, wird dir schwindelig. *Falls wir überhaupt zurückkehren können*, flüstert eine Stimme in deinem Innern, doch du verbannst diesen Gedanken energisch. Wenigstens bist du nicht allein und bestimmt führt Sir Nokta die anderen zum Orakel und sie bringen in Erfahrung, wo und wann sich das Tor erneut

öffnet. An diese Hoffnung klammerst du dich, während du mit Agathos und Epicharis über die Ebene wanderst.
Dein Abenteuer endet hier.

185

Kurze Zeit später taucht auf der rechten Seite eine Tür auf.

Möchtest du sie öffnen, → **7**.

Geht ihr weiter, → **89**.

186

Du fragst Sandrick, ob er Licht erschaffen könne. Er formt seine Hände zu einer Schale und murmelt einige seltsame Worte.

Entscheide dich, ohne vorher nachzusehen, ob du zu Station **270** oder zu Station **353** gehen willst und lies dort weiter.

187

Am späten Nachmittag erreicht ihr die Handelsstraße, auf der um diese Zeit nicht viel Betrieb herrscht. Doch das Glück ist euch hold: Eine kleine Karawane aus Al'Thamal nimmt euch mit. Ihr erreicht Tekla' Mahlish, kurz bevor die Stadttore zur Nacht geschlossen werden.

„Als erstes sollten wir Ja'ana aufsuchen", sagt Sir Nokta.

Ihr fragt die Torwächter nach ihrem Haus. Nachdem der Ritter ihrem Gedächtnis mit einigen Teshrah auf die Sprünge geholfen hat, weisen sie euch den Weg.

Ja'ana wohnt in einem der ärmeren Viertel, denn die Gasse, zu der euch die Wächter geschickt haben, ist schmutzig und wird von verwahrlosten Häusern eingerahmt. Auf der

Straße ist kein Mensch zu sehen. Ein-, zweimal bemerkst du Gesichter hinter den Fenstern, die rasch verschwinden. Als du Sandrick deine Beobachtung mitteilst, nickt er. „Seltsam, ja. Als hätten die Leute Angst."

Unvermittelt steht ihr vor einem schmalen Haus mit einer blauen Tür.

„Das muss es sein", sagt Sir Nokta.

Du klopfst an, doch niemand antwortet. Prüfend drückst du die Klinke herunter. Die Tür ist unverschlossen.

Im Innern des Hauses sieht es aus wie nach einem Überfall. Stühle sind umgeworfen, Schubladen herausgezogen. Überall auf dem Boden liegen Haushaltsgegenstände und Scherben verstreut.

„Ja'ana?", rufst du leise.

Keine Antwort.

„Was ist hier passiert?" Sandrick bückt sich und hebt ein leeres Holzkästchen auf. Abwesend stellt er es auf den Tisch.

„Mogreb war hier, kein Zweifel." Düster lässt Sir Nokta seinen Blick durch den Raum schweifen. „Bestimmt hat er das Amulett gesucht."

„Glaubt Ihr, dass-?" Du brichst ab, als du vor dem Haus Schritte und Stimmen hörst.

Willst du dich verstecken, → **191**.

Bleibst du, wo du bist, → **330**.

188 Der Gang knickt nach rechts ab. Vor euch hörst du jemanden fluchen. Sir Nokta gibt euch ein Zeichen, stehen zu bleiben. Eng an die Wand gepresst späht er um die Ecke. Einen Moment später bedeutet er euch mit einer Handbewegung, zur Tür zurückzugehen.

„Mogreb ist in der Halle vor uns", berichtet er mit gedämpfter Stimme. „Er wirkt wütend. Anscheinend laufen die Dinge nicht so, wie er es sich vorgestellt hat."

„Was ist mit meinem Onkel und Agoros?", willst du wissen.

Sir Noktas Miene verdüstert sich. „Sie liegen reglos am Boden. Ich fürchte, sie sind tot."

Er schweigt einen Moment, um euch Zeit zu geben, die schreckliche Neuigkeit zu verarbeiten.

„Was sollen wir tun?", fragt Sandrick schließlich. „Wie sollen wir meinen Onkel besiegen, wenn es nicht einmal Agoros gelungen ist?"

Die Leere in deinem Innern macht Kälte Platz. Du hebst deinen Bogen. „Wie wäre es hiermit?"

Sir Bol zuckt mit den Schultern und nickt zustimmend. Ihr habt nichts zu verlieren.

Vorsichtig nähert ihr euch der Halle. Sie ist leer. Rechts führt eine breite Treppe nach oben. Scheinbar endet sie an einer glatten Wand, aber bestimmt gibt es irgendwo einen verborgenen Mechanismus

„Mogreb muss die Treppe genommen haben", flüstert Sir Bol.

Er und Sir Nokta laufen die Stufen hoch, während du neben deinem Onkel auf die Knie sinkst. Du kannst einen schwachen Herzschlag spüren. Ein Teil der Kälte fällt von dir ab.

„Den Göttern sei Dank, mein Onkel lebt noch!"

„Agoros auch." Sandrick grinst vor Erleichterung, doch es gerät eher zu einer Grimasse. „Aber mein Onkel hat sein Amulett mitgenommen."

Die beiden Ritter kehren zurück.

„Keine Ahnung, wie sich der Ausgang öffnen lässt", sagt Sir Bol.

„Und jetzt?", fragt Sandrick nervös.

Sir Nokta reibt sich das Kinn. „Der Magier sagte etwas wie ‚Verfluchtes Weib, ich schaffe es auch ohne deinen Spruch'. Und dann hat er irgendwelches Zeug vor sich hingemurmelt."

„Potztausend!", ruft Sir Bol aus. „Vielleicht wollte Mogreb von Ja'ana gar nicht das Amulett, sondern einen Zauberspruch!"

Besitzt du ein Pergament aus Ja'anas Haus, → **240**.

Wenn nicht, → **203**.

189 Der Gang ist düster und unheimlich. Auf einmal spürst du einen Luftzug im Gesicht. Im selben Moment brüllt Sir Nokta: „Hinlegen!"

Tust du, was er sagt, → **28**.

Bleibst du stehen, → **302**.

190 Du erzählst händeringend, dass du auf dem Weg zu deiner Hochzeit seiest und dein Verlobter in Tekla' Mahlish auf dich warte. Hinter dir hörst du Sandricks ersticktes Schnauben, aber die Gnomin sieht dich mitfühlend an.

„Ach, Kindchen, das tut mir leid! Na, 's gibt vielleicht 'ne Möglichkeit. Ihr könntet durch die Mine geh'n. Irgendwo ist 'n Durchgang zur ander'n Seite, aber ich weiß nicht, wo genau."

Du bedankst dich überschwänglich und versicherst ihr, dass du ihre Freundlichkeit nicht vergessen wirst. → **49**.

191 Einer Eingebung folgend, versteckst du dich hinter einem Vorhang und ziehst Sandrick mit dir. Im nächsten Augenblick wird die Tür aufgerissen und mehrere Wachen der Stadtgarde stürmen herein. Ihr Anführer baut sich drohend vor Sir Nokta auf.

„Keine Bewegung! Ihr seid festgenommen!"

„Was erdreistest du dich, Mann?", ruft der Ritter empört. „Wessen beschuldigst du mich?"

„Ich stelle hier die Fragen!", fährt ihn der Hauptmann an. „Seid Ihr bekannt mit einem Ritter namens Sir Bol?"

„Bol?", fragt Sir Nokta verdutzt. „Was ist mit ihm?"

„Ihr kennt ihn also."

„Natürlich, aber ich verstehe nicht-"

„Er steht im Verdacht, die Heilerin Ja'ana ermordet zu haben."

Du reißt entsetzt die Augen auf. Eure Gefährten sind zu spät gekommen, um Ja'ana vor Mogreb zu warnen!

Sir Nokta schnaubt abschätzig. „Bol? Das ist absurd!"

„Das wird sich zeigen." Der Hauptmann wirft dem Ritter einen bösen Blick zu. „Wo sind deine Begleiter? Uns wurde gesagt, Ihr wärt zu dritt."

„Sie sind die Straße hinaufgegangen, um die Bewohner nach Ja'ana zu fragen."

Der Hauptmann schickt einige seiner Leute nach draußen. „Prüft das nach! – Und Ihr kommt mit mir, Herr Ritter!"

Die Gardisten verlassen mit Sir Nokta das Haus. Aber sie werden sicher gleich zurückkommen, wenn sie feststellen, dass der Ritter gelogen hat! Fieberhaft suchst du nach einem besseren Versteck. Dabei stolperst du über eine Bastmatte, die unter einer großen Truhe liegt. Als sie verrutscht, entdeckst du darunter eine Falltür. Ihr schiebt die Truhe zur Seite und klettert nach unten. Bevor Sandrick die Klappe schließt, zieht er die Matte so weit wie möglich darüber.

Im Dunkeln sitzend, horcht ihr auf die zurückkehrenden Wachen, die das Haus durchsuchen. Zum Glück finden sie die Kellertür nicht. Einige Zeit, nachdem Ruhe eingekehrt ist, wagt ihr es, euch zu rühren. Sandrick murmelt etwas und plötzlich hält er eine leuchtende blaue Kugel in der Hand. Ihr seht euch im Keller um. Er ist nicht sehr groß. An der linken Wand steht eine alte Holztruhe. In einem schiefen Regal auf der anderen Seite staubt eine Reihe Flaschen und Tongefäße vor sich hin.

Möchtest du dir die Flaschen ansehen, → **42**.

Willst du die Truhe öffnen, → **362**.

Klettert ihr zurück nach oben, → **266**.

192 Auf beiden Seiten der Straße stehen prachtvolle Stadtpaläste mit großen, schattigen Innenhöfen. Hier ist es im Gegensatz zu dem Gewühl auf der Nördlichen Handelsstraße angenehm ruhig. Eine Gruppe vorübereilender Gelehrter grüßt euch höflich, bevor sie in einem imposanten Gebäude mit hohen Säulen verschwindet. Über dem Eingangsportal steht in goldenen Lettern BIBLIOTHEK.

Möchtest du die Bibliothek betreten, → **133**.

Willst du lieber so bald wie möglich in einem weichen Bett liegen, → **160**.

193 In der ersterbenden Glut entdeckst du verkohlte Pergamentfetzen. Offenbar hat Mogreb kurz vor seinem Aufbruch etwas verbrannt. Du bückst dich hinunter. Ganz hinten im Kamin schimmert etwas Helles. Mit der langstieligen Schaufel, die am Sims lehnt, gelingt es dir, das angesengte Stück Pergament aus der Glut zu fischen. Behutsam glättest du den Bogen. Es ist ein Fragment einer Schriftrolle. Der Großteil ist durch das Feuer vernichtet oder unleserlich geworden, aber einige Passagen sind noch zu erkennen. Sie sind Teil eines Berichts König Kareins über seinen Kampf gegen die Schwarzen Druiden in der Tempelanlage von Kōs. Er schreibt, nach dem Sieg über Tulmar habe er mit Hilfe der Weißen Druiden Agathos und Epicharis den Seelenfänger zerstört.

Also existiert der Kristall nicht mehr und Mogreb blufft? Aber aus welchem Grund? Und weshalb sollte er die Seite verbrennen? Das ergibt alles keinen Sinn. Du liest die

Textfragmente noch einmal, doch abgesehen von einer ungewöhnlichen Ausdrucksweis fällt dir nichts Besonderes auf.

Hast du irgendwo eine gelochte Metallplatte gefunden?

Falls ja, → **305**.

Wenn nicht, → **349**.

194 Vor euch knickt der Gang nach links ab. Unvermittelt geben die Steinplatten unter deinen Füßen nach.

Springst du zurück, → **292**.

Springst du nach vorn, → **151**.

195 Nach dem langen Umherirren in der Mine weißt du ein heißes Getränk zu schätzen. Der Tee schmeckt seltsam, aber nicht unangenehm. Während ihr euch ausruht, erzählt euch die Alte interessante Dinge über Kräuter und das Leben im Wald. In deinem Innern breitet sich eine behagliche Schwere aus. Du hast das Gefühl, schon lange hier zu sein. Irgendwie kannst du dich gar nicht mehr daran erinnern, wie und wann du hergekommen bist, und es gibt für dich auch keinen Grund wegzugehen.

Die alte Frau hat Vergiss-mich-Kraut in den Tee gemischt. Ihr habt vergessen, wer ihr seid und wohin ihr unterwegs wart. Mogreb und der Seelenfänger haben für euch keine Bedeutung mehr.

Dein Abenteuer endet hier.

196 Das Ufer steigt stetig an und bald liegt die Els tief unter euch. Das Gestrüpp am Ufer wird dichter und irgendwann seid ihr gezwungen, den Flusslauf zu verlassen. Eine gute Weile später stoßt ihr auf einen schmalen Pfad, der sich den Berg hinaufwindet. Ihr beschließt, ihm ein Stück zu folgen. Von Ferne hört ihr ein Rauschen, das immer lauter wird. Hinter einer Biegung endet der Pfad unvermittelt vor einer Felswand. Neben einer grob gezimmerten Hütte gähnt eine schwarze Öffnung im Berg und wenige Meter weiter stürzt ein Wasserfall in die Tiefe.

Sandrick stößt frustriert die Luft aus. „Sieht so aus, als wäre hier die Welt zu Ende. Und jetzt? Kehren wir um?"

„Suchen wir die Bewohner", erwiderst du. „Vielleicht können sie uns den Weg weisen."

Wohin lenkst du deine Schritte?

Zur Hütte, → **27**.

Zur Mine, → **140**.

197 Leider handelt es sich bei der Pflanze nicht um Frauentreu, sondern um den sehr ähnlich aussehenden Blauwurz, der jedoch keinerlei Heilwirkung besitzt. Du hast lediglich eine schön anzuschauende Blume gepflückt. → **51**.

198 Erschöpft lässt du dich auf die Stufen vor Sgars Tempel sinken. Sandrick bleibt vor dir stehen und schaut dich unbewegt an. Sein seelenloser Blick treibt dir Tränen in die Augen. Du fühlst dich schrecklich allein. Du hast Mogreb besiegt, aber der Preis war hoch. Du holst den Seelenfänger aus deiner Tasche und starrst ihn an, als würde er dir dadurch sein Geheimnis preisgeben. In einem Anflug hilflosen Zorns schleuderst du ihn gegen die Felsen. Mit einem singenden Ton prallt er vom Gestein ab und rollt unter einen Busch. Einer der Untoten hebt ihn auf und bringt ihn dir unterwürfig zurück. Der Kristall ist unversehrt. Mit einem erstickten Schluchzen nimmst du ihn wieder an dich.

Schließlich verebben deine Tränen. Dein Onkel und die anderen werden bald erwachen und ihr könnt nach Hause zurückkehren. Ihr habt das Unheil abgewendet und bestimmt findet ihr mit Agoros' Hilfe eine Möglichkeit, den Kristall zu zerstören und Sandricks Seele zu befreien. An diese Hoffnung klammerst du dich, während du wartest.

Dein Abenteuer endet hier.

199 In der Nische steht eine Deckelamphore, deren Griffe von Eichhörnchen gebildet werden.

Willst du die Amphore öffnen, → **310**.
Wollt ihr einen Blick in die linke Nische werfen, → **348**.
Geht ihr weiter, → **139**.

200 Die Barriere reicht bis an die senkrecht aufragende Felswand am südöstlichen Ende des Tals. Auf dieser Seite gibt es kein Durchkommen. Doch während du dich umsiehst, entdeckst du eine auffällige Pflanze mit blaugrünen, speerförmigen Blättern. Du erkennst sie als Speerblume, ein häufig vorkommendes **Heilkraut**, das Schmerzen lindert, wenn man die Blätter kaut. Erfreut steigst du ab, um die Pflanze zu pflücken. Wenn du sie verwendest, darfst du dir einmalig 2 Lebenspunkte gutschreiben. Nachdem du die Speerblume in deiner Tasche verstaut hast, kehrt ihr um und versucht euer Glück in der entgegengesetzten Richtung. → **95**.

201
Um Itahs linke Hand verläuft ein haarfeiner Riss.
Willst du versuchen, die Hand zu drehen, → **282**.
Gehst du lieber zu Sgars Statue, → **229**.
Schaust du dir den Hochzeitszug an, → **403**.

202
Du springst hastig einen Schritt zur Seite. Die Spinne verfehlt dich um Haaresbreite.
Durch deinen Schrei aufmerksam geworden, fährt Sir Bol herum und macht ihr den Garaus.
„So große Spinnen habe ich noch nie gesehen!", ruft Sandrick mit einer Mischung aus Faszination und Ekel.
Du verziehst nur angewidert das Gesicht.
→ **210**.

203
„Leider hilft uns dieses Wissen auch nicht weiter", sagst du seufzend.
Im nächsten Moment fährt direkt vor euch ein blendend heller Blitz in den Boden. Du schlägst die Hände vors Gesicht und wankst zurück.
Buchstäblich aus dem Nichts taucht Mogreb auf. „Du erstaunst mich, Neffe. Du und deine Begleiter seid weiter gekommen, als ich für möglich gehalten habe."

„Wir stecken voller Überraschungen!"

Blitzschnell hebt Sir Bol sein Schwert und stürzt sich auf den Magier. Doch dieser macht eine beinahe nachlässige Handbewegung, die einen neuen Blitz auslöst. Sir Bol wird gegen die Wand geschleudert. Stöhnend sinkt der Ritter zu Boden.

„Verfluchter Diener Mons!", knurrt Sir Nokta und springt vor.

Ein weiterer Blitz schießt aus Mogrebs Hand. Du hast deinen Bogen gehoben und lässt den Pfeil in derselben Sekunde von der Sehne schnellen, als Sir Nokta getroffen zurücktaumelt. Doch mitten in der Luft bleibt der Pfeil abrupt stehen, als sei er gegen ein unsichtbares Hindernis geprallt, und fällt klappernd auf die Steinplatten.

Mogreb dreht sich langsam zu dir um. Um seine Lippen spielt ein sardonisches Lächeln. „Du hast doch nicht wirklich geglaubt, ich sei so leicht zu besiegen."

Du weichst zurück. Als der Magier die Hand ausstreckt, wirft sich Sandrick vor dich. Ihr schreit beide auf, als ihn der Blitz trifft.

Mit gleichgültiger Miene sieht der Magier zu, wie sein Neffe in deinen Armen zusammensackt. „Gerade du hättest wissen müssen, dass man sich mir nicht in den Weg stellt", sagt er kalt, bevor er seine Aufmerksamkeit wieder dir zuwendet.

Du starrst ihn hasserfüllt an. Tränen hilfloser Wut steigen in dir hoch. „Ihr seid ein Ungeheuer, Mogreb."

Der Magier macht eine wegwerfende Geste. „Genug! Zeit, dieser Farce ein Ende zu bereiten."

Gleißendes Licht schießt aus seinen Fingern. Glühender Schmerz umhüllt dich. Du verlierst das Bewusstsein. Wenn

du einige Stunden später erwachst, wirst du eine von Mogrebs ersten neuen Kristallsklaven sein.
Dein Abenteuer endet hier.

204

Du bist sicher, dass es in diesem Raum noch einen anderen Ausgang geben muss als den Weg mit den Fallen. Vielleicht ist im Hochzeitszug ein Mechanismus versteckt. Du gehst hinüber und schaust ihn dir genau an.

Die Augen der beiden Pferde, auf denen Sgar und Itah reiten, sehen seltsam aus.

Willst du das Auge von Sgars Pferd nach innen drücken, → **259**.

Probierst du es bei Itahs Pferd, → **38**.

205

Du wirfst dich zur Seite und rollst dich ab. „Halt ein, wir wollen dir nichts-!"

Du kannst deinen Satz nicht beenden, weil du einem weiteren Axthieb ausweichen musst.

Sir Nokta hat sein Schwert gezogen und lenkt den wahnsinnigen Holzfäller von dir ab. Du kommst stolpernd auf die Füße.

„Lauft!", ruft euch der Ritter zu.

Nach ein paar Schritten bleibt Sandrick und du stehen und blickt zurück. Sir Nokta führt einen Scheinangriff gegen den Holzfäller und schlägt ihm die Axt aus der Hand. Der Mann steht einen Moment wie erstarrt, die Augen weit aufgerissen. Dann heult er auf und flüchtet in den Wald. Der Ritter sieht ihm nach, das Schwert noch in der Hand, bevor er sich langsam umdreht und euch folgt. „Bei Sgar, welch Wahnsinn einen Menschen packen kann, wenn er zu lange allein ist!"

Ihr schlagt euer Lager auf einer kleinen Lichtung auf und haltet abwechselnd Wache. Du übernimmst die erste Schicht. Nach dem Erlebnis mit dem Holzfäller ist an Schlaf ohnehin nicht zu denken! Doch als Sandrick dich zwei Stunden später ablöst, bist du müde genug, um bald darauf einzuschlafen.

Gegen Mittag des folgenden Tages kommt ihr zu einer Wiese, aus der vereinzelt Wacholderbüsche in den Himmel ragen. In der Ferne grast eine Herde Schafe. Eine Weile folgt ihr einem Hirtenpfad. Sir Nokta meint, dass hinter dem nächsten Berg die Kulmanebene beginnen müsste, an deren nordwestlichem Ende Tekla' Mahlish liegt. Wenn ihr die Handelsstraße erreicht, die aus Altanien kommt, habt ihr vielleicht Glück und jemand nimmt euch mit in die Stadt. Ihr verlasst daher den Hirtenpfad und lauft querfeldein nach Süden. → **187**.

206

Als ihr näher kommt, hört ihr ein Pferd wiehern.

„Onkel Beren?", rufst du hoffnungsvoll, doch niemand antwortet.

„Es kam von dort", sagt Sandrick und zeigt rechts am Tempel vorbei. Ihr reitet wachsam um die Mauern herum. An einer umgestürzten Säule sind vier Pferde angebunden.

„Eines davon muss Mogreb gehören", sagt Sir Nokta angespannt. „Sie müssen alle im Labyrinth sein."

„Folgen wir ihnen!"

Sir Bol steigt ab und bindet sein Pferd zu den anderen an die Säule. Ihr folgt seinem Beispiel. Kampfbereit erklimmt ihr die Stufen und schreitet unter dem hohen Türsturz hindurch, Eure Fußschritte die einzigen Geräusche.

Das Innere des Tempels hat das Erdbeben nicht so unbeschadet überstanden, wie es von außen den Anschein hatte. Sand, vom Wind durch das offene Tor hereingetragen, hat sich zu einer Düne angehäuft, die beinahe den gesamten Boden bedeckt. Einige der tragenden Säulen sind weggebrochen und die Decke teilweise eingestürzt. Die Bemalung der Wände ist verblasst und kaum noch zu erkennen. Pflanzen wachsen aus den Ritzen und überwuchern die Trümmer. Dazwischen ragen zerbrochene Statuen aus dem Sand.

Fußspuren führen über die Düne in den hinteren Teil des Tempels. Ihr stapft durch den tiefen Sand. Dein Blick wird von einer gewaltigen Tür am Ende der Halle eingefangen, deren bronzene Flügel das einfallende Sonnenlicht reflektieren.

„Das muss die Tür zum Labyrinth sein!", ruft Sandrick.

Als ihr euch der Tür nähert, springen hinter den Säulen bewaffnete Kristallsklaven hervor.

Hältst du Mogrebs Ring hoch, → **401**.

Setzt du die Amphore mit den Geisterkriegern ein, → **74**.

Hast du weder das eine noch das andere oder willst du es nicht benutzen, → **219**.

207
Die Tür ist verschlossen. Besitzt du einen der folgenden Schlüssel? (Hast du beide Schlüssel, entscheide dich für einen.)

Goldener Schlüssel, → **306**.

Kupferschlüssel, → **339**.

Hast du keinen der beiden Schlüssel, bleibt euch nichts anderes übrig als weiterzugehen (→ **144**).

208 Der Weg führt eine ganze Weile mehr oder weniger geradeaus. Vor euch plätschert es leise. In einer Nische zu eurer Linken rinnt aus steinernen Löwenmäulern Wasser in zwei flache Becken.
Möchtest du etwas Wasser schöpfen, → **404**.
Geht ihr weiter, → **352**.

209 Ihr wagt es nicht, die Statue anzurühren aus Furcht, eine Falle auszulösen. Da von hier kein anderer Weg weiterführt, springt ihr erneut durchs Feuer und kehrt zur Kreuzung zurück. Dort könnt ihr euch entweder nach links wenden (→ **318**) oder nach rechts (→ **24**).

210 In der Nische steht eine steinerne Statue der Göttin Itah. In den ausgestreckten Händen hält sie ein verziertes Kästchen. Der Boden der Nische ist mit Ornamenten bemalt, deren Farben inzwischen verblasst sind.

Willst du das Kästchen aus Itahs Händen nehmen, → **171**.
Möchtest du es mit deinem Bogen angeln, → **327**.
Rührt ihr das Kästchen lieber nicht an und geht weiter, →
139.

211 Vor euch ertönt in regelmäßigen Abständen ein seltsames Krachen. Bald darauf steht ihr vor der Ursache. Von beiden Seiten schnellen zwei Steinblöcke aus der Wand, die aufeinanderprallen und wieder in die Wände zurückgleiten. Du schluckst, als du siehst, wie kurz die Phase ist, in welcher der Durchgang passierbar ist.
Welchen Moment wählst du, um loszulaufen?
Den Moment, in dem die Steinplatten zusammenschlagen, → **326**.
Den Moment, in dem sie zurück in die Wände gleiten, → **423**.
Kehrt ihr lieber um, → **13**.

212 Nach einer Weile knickt der Gang nach rechts ab.
Hast du aus dem rechten Brunnen getrunken?
Falls ja, → **271**.
Hast du das nicht, → **352**.

213 **Glückwunsch, du hast das Rätsel gelöst!** Ihr vernehmt ein Klicken und ein Rumpeln. Die Wand gleitet zur Seite und gibt den Weg in eine geradeaus verlaufende Passage frei.

Wollt ihr der Passage folgen, → **390**.

Geht ihr lieber den Weg zurück, den ihr gekommen seid, → **264**.

214 Nichts geschieht.
Entschlossen startest du einen neuen Versuch (→ **145**).

War dies dein dritter Versuch, → **408**.

215 Glücklicherweise ist dein Körper stark genug, um das Gift zu verarbeiten. Hinter dir tauchen fluchend deine Freunde auf. Auch ihnen haben die Skorpione heftig zugesetzt.

Habt ihr noch nicht versucht, die Tür zu öffnen, könnt ihr dies jetzt tun (→ **207**).

Ansonsten geht ihr zurück zur Abzweigung und nehmt dort den anderen Tunnel (→ **372**).

216 Ihr wehrt euch verzweifelt, aber die Übermacht ist zu stark. Hilflos musst du mit ansehen, wie einer deiner Gefährten nach dem anderen von den Kristallsklaven niedergestreckt wird. Schließlich trifft auch dich der tödliche Streich eines Schwertes.

Dein Abenteuer endet hier.

217 Als du nach dem Metalltiegel greifst, stößt du versehentlich eine der Flaschen aus dem Regal. Klirrend zerschellt sie auf dem Steinboden. Sandrick

und du zuckt erschrocken zusammen. Eine zähe, grüne Flüssigkeit verteilt sich über den Stein. Ihr scharfer Geruch treibt euch Tränen in die Augen. Ihr weicht zurück.
„Nichts wie raus hier", keucht Sandrick.
Er löscht das Licht und du kletterst hinter ihm die Leiter hinauf. → **266**.

218   Die Fallgitter heben sich und ihr könnt euren Weg fortsetzen. → **119**.

219   Den Angriff des ersten Untoten kannst du abwehren, aber ein anderer packt dich am Hals und schleudert dich gegen die Säule hinter dir. Der Aufprall presst dir die Luft aus den Lungen. **Du verlierst 2 Lebenspunkte**.
„Die Tür ist unsere einzige Chance!", ruft Sandrick, während er dich auf die Füße zieht.
Ihr rennt auf die Bronzetür zu, flankiert von den beiden Rittern. → **155**.

220 Ein paar Dutzend Schritte später teilt sich der Gang erneut.
Geht ihr weiter geradeaus, → **375**.
Wählt ihr den linken Tunnel, → **394**.

221 Plötzlich vernehmt ihr ein tiefes Rumpeln, das langsam näherkommt.
Sandrick sieht sich alarmiert um. „Was ist das?"
„Hört sich jedenfalls ganz und gar nicht gut an", murmelt Sir Bol.
Im nächsten Moment kennst du die Ursache des Rumpelns. Aus dem abschüssigen Seitengang hinter euch rollt ein riesiger Felsbrocken auf euch zu.
„Lauft!", schreist du.
Die Felskugel hüpft auf dem unebenen Boden auf und nieder und gewinnt an Schwung. Du rennst durch den Stollen, so schnell es deine Beinmuskeln hergeben.
Besitzt du noch mindestens 6 Lebenspunkte, → **17**.
Hast du weniger als 6 Punkte, → **115**.

222 Du holst die kleine Figur aus deiner Tasche und vergleichst die Schriftzeichen mit denen auf dem Schloss. Sie scheinen derselben Schrift anzugehören. In der Hoffnung, dass auf der Figur Itahs Name steht, drehst du bei der innersten Scheibe das Zeichen ins Fenster, das dem obersten auf der Figur entspricht.
Welches ist es?

239   182   256   415   66   214

223 Der Weg beschreibt einen Bogen nach links. Auf der rechten Seite gehen drei tiefe Nischen ab. Sie werden von Säulen flankiert, die mit Reben und Eichhörnchen verziert sind – den Attributen der Göttin Itah. Überall hängen Spinnweben.
Wart ihr schon einmal hier?
Wenn ja, → **350**.
Falls nicht, → **12**.

224 Du wirfst dich flach auf den Boden. Dicht über deinen Kopf schwirrt eine gewaltige Pendelklinge hinweg. Beinahe hätte sie dich geköpft!
„Das ging um Haaresbreite", stöhnt Sir Bol, während er sich aufrichtet und seinen Schopf betastet.
Vorsichtig geht ihr weiter. Kurze Zeit später mündet von links ein Gang ein.
Geht ihr weiter geradeaus, → **178**.
Wendet ihr euch nach links. → **262**.

225 Ihr betretet einen kleinen Aufenthaltsraum. Das einzige Mobiliar bilden zwei Stühle

und ein Tisch in Gnomengröße sowie eine hölzerne Truhe, deren Deckel eine Handbreit offensteht. An einem Haken an der Wand hängt ein verschlissenes Wams.
Möchtest du in die Truhe schauen, → **52**.
Nimmst du das Wams in Augenschein, → **111**.
Verlässt du den Raum, → **25**.

226 Vorsichtig nimmst du die Schnitzerei von der Wand. Dahinter mündet eine Röhre in die Wand. Du hörst leises Zischeln. Rasch trittst du einen Schritt zurück – keine Sekunde zu früh, denn aus dem Loch windet sich eine armlange, schwarze Schlange. Vor Schreck lässt du die Schnitzerei fallen. Mit einem dumpfen Laut schlägt sie auf dem Steinboden auf und zerbricht.
Sir Nokta zieht sein Schwert und schlägt der Schlange den Kopf ab. „Willkommen in den Grabgewölben von Kōs."
→ **414**.

227 Ihr fahrt nach unten und geht zur Tür. Mit vor Aufregung zitternden Fingern steckst du die beiden Schlüssel ins Schloss. → **29**.

228 Knirschend gleitet die Tür in die Wand. Ihr betretet eine schmale, schmucklose Kammer. In Wandhöhlungen zu beiden Seiten liegen Skelette in zerfallenen Gewändern. Hinter der Kammer führt der Gang weiter geradeaus. Zu eurer Rechten passiert ihr eine schmale Tür. Da ihr sie von dieser Seite nicht öffnen könnt, setzt ihr euren Weg fort.

Ein Rasseln hinter euch lässt dich herumfahren. Ein Fallgitter hat euch den Rückweg abgeschnitten!

„Hoffentlich sind wir auf dem richtigen Weg", murmelt Sandrick.

Bald darauf zweigt auf der rechten Seite ein Tunnel ab.

Geht ihr weiter geradeaus, → **97**.

Biegt ihr in den rechten Gang ein, → **338**.

229 Um Sgars linke Hand verläuft ein haarfeiner Riss. Du versuchst, die Hand zu drehen.

Hast du zuvor Itahs Hand gedreht?

Wenn ja, → **99**.

Falls nicht, → **307**.

230 Dir ist alles egal. Gestützt von Sir Bol wankst du zurück zu den Brunnen und trinkst etwas von dem Wasser aus dem linken Löwenmaul.

Sofort geht es dir besser. Aus dieser Quelle fließt Heilwasser, das die Wirkung des Giftes neutralisiert.

„Ihr habt wirklich mehr Glück als Verstand, Thayet", tadelt dich Sir Nokta, aber die Erleichterung ist ihm deutlich anzumerken.

Wart ihr auf dem Weg nach Osten, →**352**.

Wart ihr nach Westen unterwegs, → **233**.

231 Ihr vernehmt ein Klicken. Aus der Wand hinter euch schießt ein Feuerstrahl. Du kannst gerade noch ausweichen. Die Figuren gleiten an ihre ursprünglichen Positionen zurück.

Willst du eine andere Reihenfolge ausprobieren, **lies bei der entsprechenden Station weiter.**

Gebt ihr auf und kehrt um, → **264**.

232 Der Weg führt durch eine gemauerte Kammer. Aus Wandhöhlungen über euren Köpfen grinsen euch Dutzende Totenschädel an. Die Wände sind durchlöchert und von Feuer geschwärzt, auf dem Boden liegen verkohlte Knochen.

„Gefällt mir gar nicht", murmelt Sir Bol.

Kaum habt ihr den Raum betreten, rasseln vor und hinter euch Fallgitter herab. Ihr seid eingeschlossen!

Sandrick steht einen Moment wie erstarrt und zeigt dann auf eine der Wände. „Da sind drei Hebel!"

„Lasst mich raten", brummt Sir Nokta. „Der falsche Hebel äschert uns ein wie die die armen Seelen vor uns."

Willst du den linken Hebel ziehen, → **260**.

Entscheidest du dich für den mittleren, → **62**.

Ziehst du am rechten Hebel, → **311**.

233 Bald darauf kommt ihr an eine Kreuzung. Wollt ihr nach rechts gehen, → **46**.
Schlagt ihr den linken Weg ein, →**246**.

234 Nach rund zwei Dutzend Schritten taucht auf der rechten Seite eine Tür auf.
Möchtest du sie öffnen, → **207**.
Geht ihr weiter, → **144**.

235 Du springst auf die nächste Platte, ohne eine Falle auszulösen.
Welchen Buchstaben wählst du jetzt?
A, → **85**.
R, → **323**.

236 Hinter euch erklingt ein Rasseln. Aus der Decke fällt ein Gitter und schneidet euch den Rückweg ab. Vorsichtig geht ihr weiter. Ihr kommt durch eine lang gestreckte Grabkammer, deren Wände mit Darstellungen Mons bemalt sind. Offenbar wurden hier seine Priester bestattet. Doch viele der Nischen sind leer und überall liegen Fetzen von Grabtüchern verstreut. In der Decke klafft ein großes Loch, aus dem euch Dunkelheit entgegen gähnt. Vom Boden aus ist es jedoch nicht zu erreichen und du spürst auch keine Neigung, die Finsternis dahinter zu erkunden.

Kurz darauf teilt sich der Weg. Da der rechte Gang durch ein Fallgitter verschlossen ist, könnt ihr entweder nach links gehen (→ **342**) oder weiter geradeaus (→ **248**).

237 Mons Tempel hat das Erdbeben überraschend unbeschadet überstanden. Dennoch ist der Innenraum verwüstet. Kareins Gefolgsleute haben damals in ihrem Zorn ganze Arbeit geleistet. Altäre und Statuen sind in Stücke geschlagen, Darstellungen des Dunklen Gottes an den Wänden mit Feuer geschwärzt oder mit Hammer und Meißel unkenntlich gemacht. Da ihr nichts entdecken könnt, das für euch von Interesse wäre, verlasst ihr den Tempel wieder.
Wohin wollt ihr euch als nächstes wenden?
Zu Sgars Tempel, → **206**.
Zu Itahs Tempel, → **418**.

238 Die geflügelten Kreaturen liegen noch genauso da, wie ihr sie verlassen habt. Trotzdem bleibt ihr wachsam.
Falls ihr es nicht schon getan habt, seht ihr euch in der Höhle um (→ **57**).
Ansonsten verlasst ihr sie auf der gegenüberliegenden Seite. Von dieser Seite aus lässt sich das Fallgitter mittels eines Hebels öffnen. (→ **289**).

239 Nichts geschieht.
Entschlossen startest du einen neuen

Versuch (→ **145**).
War dies dein dritter Versuch, → **408**.

240 „Der Spruch auf dem Lesezeichen!", rufst du aufgeregt. Du kramst das Stück Pergament hervor. „Sandrick und ich haben ihn in Ja'anas Keller gefunden."

„Lies vor!", drängt Mogrebs Neffe.

Du räusperst dich. „Amoth thal nekta", rezitierst du mit lauter Stimme.

Die Wand gegenüber beginnt zu wabern wie eine Luftspiegelung.

Ungläubig starrt Sir Nokta sie an. „Sie löst sich auf!"

Der Felsen wird durchsichtig und verschwindet. Anstelle der Wand seht ihr nun einen breiten, gemauerten Gang. Im nächsten Moment fährt direkt vor euch ein blendend heller Blitz in den Boden. Du schlägst die Hände vors Gesicht und wankst zurück. Buchstäblich aus dem Nichts taucht Mogreb auf.

„Ich bin beeindruckt, Thayet", sagt er mit einer angedeuteten Verbeugung. „Wirklich, du überraschst mich."

„Wir stecken voller Überraschungen."

Blitzschnell hebt Sir Bol sein Schwert und stürzt sich auf den Magier. Doch dieser macht eine beinahe nachlässige Handbewegung, die einen neuen Blitz auslöst. Sir Bol wird gegen die Wand geschleudert. Stöhnend sackt der Ritter zusammen.

„Verfluchter Diener Mons", knurrt Sir Nokta und springt vor.

Ein weiterer Blitz schießt aus Mogrebs Hand. Du hast deinen Bogen gehoben und lässt den Pfeil in derselben Sekunde von der Sehne schnellen, als Sir Nokta getroffen zurücktaumelt. Doch mitten in der Luft bleibt dein Pfeil abrupt stehen, als sei er gegen ein unsichtbares Hindernis geprallt, und fällt klappernd auf die Steinplatten.

Mogreb wendet sich dir zu. Eine seiner Augenbrauen hebt sich spöttisch. „Aber meine Liebe, du hast doch nicht wirklich geglaubt, ich sei so leicht zu besiegen."

Sandrick tritt vor. „Lasst sie in Ruhe, Onkel!"

Die Lippen des Magiers kräuseln sich in einem sardonischen Lächeln. „Neffe, diese aufmüpfige Art kenne ich gar nicht an dir. Ich sollte dich und deine Freundin auf der Stelle töten, aber ich habe mit euch Beiden etwas Besseres vor." Mit dem Kinn bedeutet er euch, den Gang zu betreten. „Vorwärts!"

Zähneknirschend gehorchst du, da du zum jetzigen Zeitpunkt keine Chance siehst, Mogreb zu besiegen. Du musst auf eine bessere Gelegenheit warten.

Der Gang endet an einer glatten Steinwand. Der Magier befiehlt euch, nach einem Öffnungsmechanismus zu suchen. Schließlich entdeckt Sandrick, dass sich einer der Mauersteine in der rechten Wand nach hinten drücken lässt. Neben ihm öffnet sich ein Durchgang, der in eine kleine Kammer führt. Der Boden ist abwechselnd mit schwarzen und weißen Steinfliesen ausgelegt. In die weißen sind einzelne Buchstaben eingraviert. Mogreb befiehlt dir vorauszugehen.

Kommt dir das Muster bekannt vor, → **313**.

Kennst du es nicht, → **73**.

241 Du blätterst durch Mogrebs Notizen und unterziehst die Schriftrollen und Pläne einer eingehenden Prüfung, aber wie eigentlich nicht anders zu erwarten war, findest du keinen Hinweis auf den Kristall. Ohne große Hoffnung wendest du dich den Schubladen zu. Die beiden oberen enthalten nur Papiere und diverse Schreibutensilien, doch in der untersten findest du eine merkwürdige Metallplatte. Sie scheint sehr alt zu sein. Das Metall ist an einigen Stellen abgegriffen und die Oberfläche ist fleckig angelaufen. In regelmäßigen Reihen weist sie kleine, rechteckige Löcher auf, deren Abstand voneinander variiert. So etwas hast du noch nie gesehen. Als du die Platte auf einer der auf dem Schreibtisch ausgebreiteten Schriftrollen ablegst, um die etwas verklemmte Schublade zu schließen, fällt dir auf, dass die Öffnungen etwa buchstabengroß sind. Neugierig rückst du die Platte gerade – jetzt ist nur noch ein Teil der Buchstaben sichtbar, die sich zu neuen, wenn auch unsinnigen Wörtern formieren. Aber könnte nicht auch der umgekehrte Fall eintreten? Dass erst durch Abdeckung einzelner Buchstaben ein sinnvoller Text entsteht? Könnte die gelochte Platte so etwas wie der Schlüssel zu einer Geheimschrift sein?

Befindet sich der Teil eines Pergamentes in deinem Besitz?

Wenn ja, → **419**.

Falls nicht, → **22**.

242 „Vielleicht solltest du lieber nicht-", beginnt Sandrick, als du deine Hände zu einer Schale formst und in den Wasserstrahl hältst. Doch bevor dich jemand daran hindern kann, hast du einen Schluck von dem Wasser getrunken. Nichts Schlimmes passiert.

Seid ihr auf dem Weg nach Osten, → **212**.
Führt euch euer Weg nach Westen, → **367**.

243 Sandrick drückt das Ornament nach innen. Sir Bol gibt einen erstickten Laut von sich. Aus den Wänden schieben sich lange Eisenstacheln. Gleich werdet ihr aufgespießt!
Welches Ornament wollt ihr jetzt probieren?

8   92   121

244 Du durchbohrst die Scheiben förmlich mit deinen Blicken, aber du kannst nicht ergründen, welcher Gesetzmäßigkeit die Zeichen folgen.
„Wie sollen wir jemals die richtige Kombination finden?", fragt Sandrick angstvoll. „Es gibt so viele Möglichkeiten. Wir würden Stunden brauchen, um alle auszuprobieren."
„So viel Zeit haben wir nicht!"
Wahllos dreht Sir Bol die Scheiben, bis sie plötzlich blockieren.
Die Kristallsklaven rücken näher und umringen euch. Eine Weile könnt ihr sie in Schach halten, doch irgendwann

erlahmen eure Kräfte. Eure Mission ist gescheitert und Mogrebs Triumph nicht mehr aufzuhalten.
Dein Abenteuer endet hier.

245 Auf dem Boden vor euch liegt ein gammeliger Lederfetzen.
Willst du dich danach bücken, → **268**.
Geht ihr weiter, → **126**.

246 Der Tunnel führt in einem weiten Bogen nach links und knickt dann scharf links ab. Plötzlich hörst du ein bösartiges Surren. Aus den Wänden vor und hinter euch schießen kleine Pfeile hervor. Einer davon trifft dich am Arm. **Du verlierst 1 Lebenspunkt.** Ihr müsst einen unsichtbaren Kontakt ausgelöst haben! Du schützt deinen Kopf mit den Armen und beginnst zu laufen. Endlich hört der Pfeilbeschuss auf, doch du wurdest noch zweimal getroffen. **Ziehe dir 3 weitere Lebenspunkte ab!** Das unterdrückte Stöhnen deiner Gefährten zeigt an, dass auch sie nicht ohne Blessuren durch den Pfeilhagel gekommen sind. Zum Glück hat keiner von euch ernsthafte Verwundungen davongetragen.
Kurz darauf gabelt sich der Weg. Da der rechte Gang durch ein Fallgitter blockiert wird, wendet ihr euch nach links. → **234**.

247 Als du den Krug entkorkst, entweicht ihm grünlicher Dampf, der dich zum Würgen bringt. **Du verlierst 1 Lebenspunkt.**

Willst du den rechten Krug öffnen, → **78**.
Geht ihr weiter, → **179**.

248 Der Weg knickt kurz darauf nach links ab und führt dann eine ganze Weile mehr oder weniger geradeaus. Vor euch hört ihr leises Plätschern. In einer Nische zu eurer Rechten rinnt aus steinernen Löwenmäulern Wasser in zwei flache Becken.
Möchtest du etwas Wasser schöpfen, → **404**.
Geht ihr weiter, → **233**.

249 Du schießt dem Keiler den silbernen Pfeil in die Seite. Wie erstarrt, bleibt er mitten im Lauf stehen. Sandrick atmet hörbar aus.
Der Magier applaudiert spöttisch. „Ein wahrer Meisterschuss! Und jetzt öffne den Ausgang!"
„Welchen Ausgang?", fragst du sarkastisch.
„Der Keiler!", ruft Sandrick. „Er trägt etwas um den Hals!"
Vorsichtig näherst du dich dem Tier, das jetzt wieder wie eine Statue dasteht. Sobald du das Halsband löst, gleiten auf der gegenüberliegenden Seite die Wände auseinander und geben den Blick auf einen weiteren Gang frei. → **335**.

250 Der Angriff gerät ins Stocken, als die Kristallsklaven den Ring sehen. Nach einem langen Moment atemloser Spannung lassen sie die Waffen sinken und ziehen sich so schnell zurück, wie sie gekommen sind.

„Potztausend, Thayet, brillante Idee!", ruft Sir Bol anerkennend.

„Und genau zur rechten Zeit. Aber je eher wir von hier verschwinden, desto besser", drängt Sandrick nervös.

„Was ist mit Sir Silan?", fragst du mit einem Blick auf den toten Ritter.

Sir Nokta presst die Lippen zusammen. „Wir können ihn jetzt nicht mitnehmen. Wenn es möglich ist, begraben wir ihn auf dem Rückweg."

Ihr folgt dem Ritter aus den Felsen heraus. Von den Kristallsklaven ist nichts mehr zu sehen. Als hätte sie der Erdboden verschluckt, denkst du beklommen. → **337**.

251 Du springst auf die erste Platte. Aus der Wand zischt ein kleiner Pfeil und bohrt sich in deine Schulter. **Du verlierst 1 Lebenspunkt.** Offenbar war dies die falsche Wahl. Du hast das Gefühl, dass es jetzt nicht mehr darauf ankommt. Mit großen Sätzen springst du über die Platten. Überall schießen jetzt Pfeile aus der Wand. **Du verlierst 3 weitere Lebenspunkte.** Endlich erreichst du sicheren Boden.

„Aber meine Liebe", hörst du hinter dir Mogrebs hämische Stimme, „ich habe dich für klüger gehalten. Es ist doch eindeutig, in welcher Reihenfolge die Platten zu betreten sind."

Du kochst vor Wut. Er kannte die richtige Reihenfolge und hat dich in die Falle laufen lassen!

Unbeschadet überquert der Magier das Muster, gefolgt von Sandrick. → **400**.

252 Du blickst genau in die Kristallkugel hinein. Das Amulett, das du unter deinem Hemd verborgen trägst, wird warm und beginnt zu vibrieren. Deine Kopfhaut prickelt leicht, doch dein Verstand bleibt klar. Anscheinend schützt dich das Amulett tatsächlich!

Sandrick hat leider nicht so viel Glück. Seine Augen werden glasig. Er lässt Mogrebs Beine los und schaut mit willenlosem Gesichtsausdruck zu seinem Onkel hoch. Du unterdrückst ein Schaudern.

Entschließt du dich, Mogreb jetzt anzugreifen, → **325**.

Täuschst du vor, eine Sklavin des Kristalls geworden zu sein, → **360**.

253 Agoros klopft mit seinem Stab auf den Boden. „Lasst uns aufbrechen!"

Als ihr aus dem Gebäude tretet, stellt ihr fest, dass von Westen her dunkle Wolken aufziehen. Da ihr in Taros nichts weiter zu erledigen habt, verlasst ihr die Stadt und folgt der Handelsroute weiter nach Süden. Bald darauf fängt es an zu regnen. Du ziehst dir die Kapuze deines Umhangs über den Kopf, aber dennoch bist du bald bis auf die Haut durchnässt.

Am Nachmittag wird die Landschaft hügeliger. Ihr habt die Ausläufer der Kulmanberge erreicht. Dein Onkel erklärt euch, dass ihr von jetzt an vorsichtiger sein müsst, da sich im Grenzland Räuberbanden herumtreiben. Inzwischen ist der Regen so heftig geworden, dass du alles wie durch einen Schleier siehst. In einiger Entfernung von der Straße zeichnet sich auf einem Hügel schemenhaft eine Mühle ab.

Wollt ihr dort Zuflucht vor dem Unwetter suchen, → **35**.

Reitet ihr weiter, → **412**.

254 Seid ihr im Besitz zweier goldener Schlüssel?

Wenn ja, → **227**.

Falls nicht, → **141**.

255 In der Nische liegt ein Haufen Tonscherben. Du stocherst ein wenig darin herum, findest aber nichts außer einem Rest Asche.

Wendet ihr euch jetzt der rechten Nische zu, → **331**.

Wollt ihr das Spinnennetz zerreißen, → **44**.

Geht ihr weiter, → **139**.

256 Nichts geschieht. Entschlossen startest du einen neuen Versuch (→ **145**).

War dies dein dritter Versuch, → **408**.

257 Ihr sitzt im Verlies fest. Tage vergehen, bis ihr den Stadtkommandanten endlich von eurer Unschuld überzeugen könnt. Doch zu diesem Zeitpunkt ist eure Mission bereits gescheitert. Deinem Onkel und den anderen ist es nicht gelungen, Mogreb aufzuhalten. Der Seelenfänger dient nun dem Schwarzen Magier, der nach und nach die Westlichen Reiche unter seine Herrschaft zwingt.

Dein Abenteuer endet hier.

258 Der Gang dreht sich um dich. Du fällst auf die Steine. Wenige Minuten später lähmt das Gift dein Herz.
Dein Abenteuer endet hier.

259 Mit angehaltenem Atem drückst du das Auge nach innen. Du hörst einen Mechanismus klicken, doch du hast keine Ahnung, was du in Gang gesetzt hast.

Hast du es noch nicht getan, drückst du jetzt das Auge von Itahs Pferd nach innen (→ **38**).

Ansonsten gehst du zu deinen Gefährten in die Halle (→ **58**).

260 Die Fallgitter heben sich und ihr könnt euren Weg fortsetzen. → **299**.

261 Du springst auf den Buchstaben ‚R'. Aus der Wand zischt ein kleiner Pfeil und bohrt sich in deine Schulter. **Du verlierst 1 Lebenspunkt.** Sandrick hatte wohl recht, was Sgars Namen angeht.

Du hast das Gefühl, dass es jetzt nicht mehr darauf ankommt. Mit großen Sätzen springst du über die Platten. Glücklicherweise verfehlt dich der nächste Pfeil um Haaresbreite. Endlich erreichst du sicheren Boden.

„Du hättest auf meinen Neffen hören sollen", sagt Mogreb hämisch.

Unbeschadet folgt er dir mit Sandrick. → **400**.

262 Nach einer Weile zweigt auf der rechten Seite ein Tunnel ab.
Biegt ihr rechts ab, → **232**.
Geht ihr weiter geradeaus, → **220**.

263 Auf der Straße herrscht reger Betrieb. Ein stetiger Strom Reisender bewegt sich auf Kell zu. Aus einigen Gesprächsfetzen entnimmst du, dass in der Stadt am morgigen Tag das Gauklerfest stattfindet. Kein Wunder, dass du unterwegs so viele Händler und Fahrendes Volk gesehen hast! Ihr erreicht die Stadt kurz vor dem Abend. Kell ist der größte Binnenhafen Kamors und so überrascht es nicht, dass es auf den Straßen vor Leuten aller Rassen wimmelt, insbesondere am Tag vor dem Fest. Du siehst Händler und Schausteller aus Kamor und Lund, dunkelhäutige, mandeläugige Schönheiten aus Kalhamar, fahrende Sänger aus Altanien und anderen Provinzen, Nomaden aus der Großen Südwüste, die an ihren wallenden weißen Burnussen leicht zu erkennen sind, und sogar einige Zwerge aus dem Norden mit kunstvoll geflochtenen Bärten. Du bist nicht besonders zuversichtlich, dass ihr für die Nacht überhaupt noch Zimmer bekommt. In der Tat sind die ersten drei Herbergen allesamt bis auf die letzte Dachkammer belegt. Ein Stück weiter gelangt ihr an eine Straßenmündung.
Folgt ihr weiter der Nördlichen Handelsstraße, → **149**.
Versucht ihr es mit der Straße der drei Säulen, → **192**.

264 Zurück an der Kreuzung könnt ihr entweder nach links gehen (→ **194**) oder nach rechts (→ **370**).

265 Missmutig musst du dir eingestehen, dass du das Rätsel nicht lösen kannst (**streiche 1 Gulden aus deinem Protokoll**, sofern nicht Sandrick für dich gesetzt hat). Nach einigem Nachdenken finden schließlich Mogrebs Neffe und der Gelehrte die richtige Antwort. Auch das zweite Rätsel kann Sandrick lösen, doch beim dritten muss er passen. Enttäuscht gesellt ihr euch wieder zu euren Gefährten. → **374**.

266 Ihr schlüpft aus der Tür und lauft die Gasse zurück zur Hauptstraße.

„Was tun wir jetzt?", fragt Sandrick. „Wir können Sir Nokta und Sir Bol nicht der Stadtgarde überlassen."

„Sie haben sie bestimmt ins Stadtgefängnis gebracht", erwiderst du. „Lass uns dorthin gehen."

In einer Taverne kauft ihr etwas zu essen und fragt nach dem Weg zur Stadtkommandantur. Es ist schon beinahe dunkel, als ihr das abweisende Gebäude erreicht. Versteckt in einem Hauseingang späht ihr hinüber. Vor dem Torbogen stehen zwei Gardisten mit gekreuzten Lanzen Wache.

„Einfach hineinspazieren können wir da jedenfalls nicht", stellt Mogrebs Neffe fest.

„Vielleicht können wir sie irgendwie ablenken."

Ihr denkt eine Weile nach.

Endlich kommt dir eine Idee. „Du führst den Wachen einen von deinen Zaubern vor, Sandrick, zum Beispiel den leuchtenden Ball, und ich schleiche mich derweil ins Gefängnis. Ich werde sagen, ich sei geschickt worden, um den Wächtern Essen zu bringen."

Sandrick sieht dich zweifelnd an. „Klingt nicht sehr Erfolg versprechend."

„Dann schlag was Besseres vor!"

Er verzieht das Gesicht. „Einverstanden, wir machen es so."

Besitzt du einen alten grauen Umhang?

Falls ja, → **91**.

Wenn nicht, → **176**.

267 Jom zuckt mit den Schultern. „Ich wollte Euch entgegenkommen, Mädchen, aber ausnutzen lasse ich mich nicht. Bezahlt die angeschlagenen Preise oder lasst mich in Frieden!"

Du bist zu weit gegangen. Am verärgerten Gesicht des Schmieds kannst du ablesen, dass er zu keinen Kompromissen mehr bereit ist. Du musst dich damit abfinden, die auf der Liste angegebenen Preise zu bezahlen. Das amüsierte Gesicht deines Onkels hellt deine Stimmung nicht eben auf.

Gehe zurück zu Station **114** und triff deine Wahl.

268 Du hebst das Stück Leder auf. Es ist fleckig und rissig vor Alter. Als du es vorsichtig umdrehst, entdeckst du eine verblasste Strichzeichnung und einige unleserliche Schriftzeichen.

„Was ist das?", fragt Sandrick.

„Ich weiß nicht. Sieht aus, als habe es jemand verloren."

„Oder weggeworfen", sagt Sir Nokta.

Sieh dir die Zeichnung an. Wenn du etwas damit anfangen kannst, **notiere dir die Information** (oder merke dir diese Nummer, damit du die Zeichnung später erneut zu Rate ziehen kannst).

Du steckst den Fetzen vorsichtshalber ein, ehe ihr weiter der Passage folgt. **→ 126.**

269 Du springst auf den Schatten zu, doch der Dieb weicht dir aus und flüchtet, bevor du seiner habhaft werden kannst. Leider musst du feststellen, dass er eine ganze Menge mitgenommen hat. Außer deinem Geldbeutel fehlen noch andere Dinge (**streiche dein gesamtes Geld und drei beliebige Gegenstände aus deinem Protokoll**). Von dem Gepolter aufgeschreckt, stürmt dein Onkel ins Zimmer – halb angezogen, das Schwert in der Hand. Du beruhigst ihn, dass dir nichts geschehen sei, aber er besteht darauf, den Rest der Nacht vor deiner Tür wachezuhalten, da die Schlösser ungebetene Gäste anscheinend nicht fernhalten können. Am nächsten Morgen ist keiner von euch ausgeschlafen. → **154**.

270 In Sandricks Handflächen formt sich eine blaue Lichtkugel, die ein nicht sehr helles, aber gleichmäßiges Licht verströmt. Beeindruckt erwiderst du sein stolzes Lächeln. Du erkennst nun, dass sich die Kammer nicht sehr tief erstreckt. An der hinteren Felswand liegt eine umgestürzte Kiepe mit Erz. Daneben lehnt eine Spitzhacke. Als du näher gehst, entdeckst du neben der Kiepe einen kleinen Lederbeutel. Du öffnest ihn neugierig und findest darin einen **Lageplan der Mine** und **2 Talente**.
„Endlich hat dieses elende Herumirren ein Ende!", ruft Sir Nokta.
→ **402**.

271 Kurze Zeit später überfallen dich heftige Magenkrämpfe. Stöhnend krümmst du dich vornüber.
Sir Bol legt dir erschrocken einen Arm um die Taille. „Thayet, was-?"
„Das … Brunnenwasser. Ich glaube, es war … vergiftet."
Die Schmerzen werden immer heftiger.
„Bei Sgar, was sollen wir tun?" Sandrick ringt die Hände.
„Vielleicht hilft das Wasser aus der anderen Quelle."

„Aber es könnte ebenfalls vergiftet sein", wendet Sir Nokta ein.

Möchtest du Sandricks Vorschlag folgen und aus der anderen Quelle trinken, → **230**.

Willst du das nicht, → **354**.

272 Im Schrank liegen lediglich einige Roben, Umhänge und Kopfbedeckungen.

Wendest du dich der Truhe zu, → **340**.

Gehst du zurück ins Arbeitszimmer, → **396**.

273 Du nimmst Anlauf und springst.

Hast du mindestens 5 Lebenspunkte, → **34**.

Besitzt du weniger als 5 Punkte, → **103**.

274 Weißt du noch, nach wie vielen Tagen sich das Portal in die Anderswelt öffnen soll?

Wenn ja, **lies bei der entsprechenden Station weiter**.

Kannst du dich nicht erinnern, → **329**.

275 Die sichtbaren Buchstaben ergeben einen neuen Text. Aufgeregt beginnst du zu lesen.

„[...] denn es ist uns nicht gelungen, den Kristall zu zerstören. Weil wir uns nicht anders zu helfen wussten, versteckten wir ihn im Labyrinth unter dem Tempel und sicherten ihn, so gut wir konnten [...]."

Der Rest des Textes ist unleserlich, aber du hast genug erfahren. Der Seelenfänger wurde damals gar nicht zerstört, es sollte nur alle Welt glauben! Und nun ist Mogreb auf dem Weg nach Kōs, um ihn an sich zu bringen. Es ist keine Zeit zu verlieren!

Du nimmst Blatt und Schablone vorsichtig an dich und wendest dich zum Gehen, als du vor der Tür zum Gang Schritte und Stimmen hörst.

Möchtest du dich verstecken, → **333**.

Bleibst du einfach stehen, → **48**.

276

Du quetschst dich durch die Dornenhecke. Die Tür der Hütte steht einen Spalt offen, doch es ist niemand zu sehen. Als du vorsichtig näher gehst, kommt das kleine Mädchen um das Haus herumgelaufen, in der Hand einen Strauß Wildblumen.

„Oma, schau, was ich-!" Sie hält inne und sieht dich furchtsam an.

„Du brauchst keine Angst zu haben, Rena", sagst du freundlich.

„Du hättest nicht wiederkommen sollen, Mädchen."

Erschrocken fährst du herum. Hinter dir steht die Hexe, das Gesicht zu einer Fratze verzogen. Bevor du zurückweichen kannst, hebt sie den Arm und schüttet ein glitzerndes Pulver auf dich. Du versuchst, es abzuschütteln, aber es bleibt an deiner Kleidung haften. Ein unangenehmes Kribbeln erfasst deinen Körper. Als du an dir hinuntersiehst, stockt dir vor Entsetzen der Atem. Deine Beine wachsen zusammen und bilden Wurzeln, während deine Arme länger werden und sich verzweigen.

Fassungslos starrst du die Alte an, die hämisch zu kichern beginnt. Bald wird auf der Wiese ein weiterer Baum stehen. **Dein Abenteuer endet hier.**

277 Du tauchst deine Hände in die Quelle und nimmst einen tiefen Schluck. Das kühle Wasser rinnt deine Kehle hinunter. Es schmeckt köstlich. Sofort fühlst du dich erfrischt. **Du gewinnst 1 Lebenspunkt.**
Möchtest du etwas von dem Wasser mitnehmen, → **364**.
Geht ihr weiter, → **161**.

278 Direkt vor dir stürzt ein großer Felsblock auf den Weg. Du versuchst verzweifelt, deine Stute zu zügeln, doch der rollende Stein streift ihre Vorderhufe. Mit einem qualvollen Wiehern bricht sie in die Knie und du wirst kopfüber gegen die Felswand geschleudert. Der Aufprall bricht dir das Genick.
Dein Abenteuer endet hier.

279 Du blickst genau in die Kristallkugel hinein. Leere breitet sich in dir aus. Du hast das Gefühl, als wäre alles auf der Welt belanglos geworden bis auf den schwarzen Kristall vor dir, in dem sich schwach das Licht bricht. Ihm wirst du dein weiteres Leben widmen. Deine Augen richten sich auf den Mann, der ihn hält, und du wartest darauf, dass er dir die Wünsche des Kristalls mitteilt und dir sagt, was du tun sollst.

Dein Geist und deine Seele sind vom Kristall aufgesogen worden. Du bist Mogrebs erste neue Sklavin geworden, wie er es prophezeit hat.

Dein Abenteuer endet hier.

280 Kurz darauf taucht auf der linken Seite eine Tür auf.

Möchtest du sie öffnen, → **100**.

Geht ihr weiter, → **328**.

281 Die Brombeerhecke ist hoch und dicht. Du suchst den Boden nach Fußspuren ab. An einigen Stellen ist das Gras geknickt, aber du kannst in der Hecke nirgendwo einen Durchlass entdecken.

Schau dir das Bild auf der folgenden Seite an. Wenn dir die Ranken etwas verraten, **lies bei der entsprechenden Station weiter.**

Fällt dir nichts auf, → **368**.

282 Du drehst die Hand, bis die Handfläche nach unten zeigt. Sie rastet in dieser Position ein, aber weiter tut sich nichts.

Wendest du dich jetzt Sgars Statue zu, → **229**.

Schaust du dir den Hochzeitszug an, → **403**.

283 Das Symbol kommt dir bekannt vor. Du holst Mogrebs Ring hervor und hältst ihn neben den Sockel.

„Sieh nur, Sandrick!", rufst du aufgeregt. „Sie sind identisch!"

„Tatsächlich! Der Drache muss einem Schwarzen Druiden gehört haben."

Einer Eingebung folgend drückst du das Symbol in die Vertiefung und drehst den Ring herum. Der Boden des Sockels löst sich, und du kannst ihn abnehmen. In dem zum

Vorschein kommenden Hohlraum findest du einen eingewickelten **Kupferschlüssel**. Er sieht alt aus. Du drehst den Schlüssel eine Weile in der Hand und steckst ihn schließlich zusammen mit dem Ring in deine Gürteltasche. Auch wenn es nicht sehr wahrscheinlich ist, dass du jemals das Schloss findest, zu dem dieser Schlüssel angefertigt wurde, kannst du ihn vielleicht irgendwann gebrauchen. → **374**.

284 Glückwunsch, du hast das Rätsel gelöst!

„Diese Symbole kenne ich!", ruft Agathos. „Eine sehr alte und sehr mächtige Sprache, die vor langer Zeit verboten wurde."

Er spricht ein einzelnes Wort, das dir in den Ohren dröhnt. Sein bloßer Klang könnte das Gefüge von Raum und Zeit zerreißen.

Der blaue Stein gleißt auf. Vor euch strudelt träge die Luft.

„Zeit, nach Hause zu gehen", sagt Epicharis lächelnd.

→ **430**.

285 Habt ihr zuvor das Kästchen aus den Händen der Götterstatue genommen?

Wenn ja, könnt ihr – falls ihr es nicht schon getan habt – einen Blick in die linke Nische werfen (→ **348**) oder in die rechte (→ **199**).

Habt ihr bereits alle Nischen erkundet oder wollt ihr euch hier nicht weiter aufhalten, → **139**.

Liegt das Kästchen noch an seinem Platz, → **108**.

286 Du springst auf die nächste Platte. Aus der Wand zischt ein kleiner Pfeil und bohrt sich in deine Schulter. **Ziehe dir 1 Lebenspunkt ab!** Offenbar war dies die falsche Wahl! Du hast das Gefühl, dass es jetzt nicht mehr darauf ankommt. Mit großen Sätzen springst du über die Platten. Überall schießen jetzt Pfeile aus der Wand! **Du verlierst 2 weitere Lebenspunkte.** Endlich erreichst du sicheren Boden.

„Aber meine Liebe", tadelt dich Mogreb hämisch, „ich habe dich für klüger gehalten. Es ist doch eindeutig, in welcher Reihenfolge die Platten zu betreten sind."

Du kochst vor Wut. Er kannte die richtige Reihenfolge und hat dich in die Falle laufen lassen!

Unbeschadet überquert der Magier das Muster, gefolgt von Sandrick. → **400**.

287 Hin und her gerissen zwischen Abneigung und Faszination betrachtest du die komplizierte Anordnung der Apparaturen. An allen Enden glüht, zischt und brodelt es. Wer weiß, was Mogreb hier zusammengebraut hat! Aus einem der Gläser schießt plötzlich gelber Dampf. Du musst husten und weichst zurück.

Wohin willst du dich jetzt wenden?

Zum Schreibtisch, → **241**.

Zu den Regalen, → **294**.

Zum Kamin, → **193**.

Nimmst du dir das Schlafzimmer vor, → **324**.

Beendest du die Suche, → **389**.

288 Das Säckchen zerfällt unter deiner Berührung. In den Überresten findest du **3 Talente**. Erfreut steckst du sie ein.

Die Nacht vergeht friedlich. Am nächsten Morgen setzt ihr euren Weg in südlicher Richtung fort. → **187**.

289 Ihr seid nicht überrascht, als ihr hinter euch vertrautes Rasseln hört. Unmittelbar darauf mündet der Tunnel in einen Querweg. Da der rechte Gang gleichfalls durch ein Fallgitter versperrt ist, wendet ihr euch nach links. → **223**.

290 Der Weg schlängelt sich ohne große Höhenunterschiede um das Tal herum. Unter einigen Bäumen entdeckst du eine Blume mit kleinen, dunkelblauen Blütendolden. Sie erinnert dich an Frauentreu – ein Kraut, dessen Blüten man bei dir zu Hause wegen ihrer blutstillenden Wirkung schätzte.

Möchtest du die Pflanze pflücken, → **131**.

Lässt du lieber die Finger davon, → **51**.

291 Unvermittelt wallt euch Hitze entgegen. Vor euch erhebt sich eine bläulich schimmernde Flammenwand, die euch das Weitergehen unmöglich macht.

Besitzt du eines der folgenden Objekte, kannst du versuchen, es gegen die Flammen einzusetzen.

Pergament mit Spruch, → **315**.

Blaues Pulver, → **159**.

Wasserflasche, → **76**.

Hast du keinen dieser Gegenstände, → **101**.

292 Instinktiv springst du zurück, doch die Platten brechen unter deinem Gewicht weg. Du fällst durch den Boden und landest unsanft einige Meter tiefer in einem Haufen zerbrochener Steinplatten. Du **verlierst 2 Lebenspunkte**. Stöhnend kommst du auf die Füße.

Sandrick und die beiden Ritter haben es irgendwie geschafft, sicheren Boden zu erreichen.

„Thayet? Alles in Ordnung mit dir?", ruft der Zauberlehrling besorgt.

„Ja, nichts passiert!"

Du spähst nach oben. Die Öffnung ist zu weit entfernt, um sie zu erreichen.

Besitzt du ein Seil, → **70**.

Wenn nicht, → **309**.

293 Nach einiger Zeit beschreibt der Gang eine Linkskurve und gabelt sich bald darauf.

Folgt ihr dem linken Tunnel, → **30**.
Wählt ihr den rechten, → **185**.

294 Du lässt deine Blicke über die langen Reihen der Reagenzgläser schweifen. Beinahe dreht sich dir beim Anblick des Inhalts einiger dieser Gläser der Magen um. Spinnen, Katzenaugen und Froschhirne sind noch einige der harmloseren Ingredienzien von Mogrebs Zaubertränken! Bei den meisten Dingen möchtest du lieber gar nicht wissen, worum es sich dabei handelt. Besser, du lässt die Finger von den Zauberzutaten!

Die Pergamentrollen sind überwiegend in einer Schrift beschrieben, die du nicht lesen kannst, so dass auch sie dir nicht weiterhelfen.

Unter den Tiegeln und Dosen ein Stück weiter fällt dir eine kleine Phiole mit einer milchigen rosafarbenen Flüssigkeit auf. Auf dem Etikett steht „**starker Heiltrank**". Nach kurzem Zögern steckst du die Phiole ein. Der Trank reicht für eine Anwendung. Wenn du ihn trinkst, darfst du deine Lebenspunkte wieder auf ihren Anfangswert setzen.

Wohin willst du dich jetzt wenden?

Zum Schreibtisch, → **241**.

Zum Tisch in der Mitte, → **287**.

Zum Kamin, → **193**.

Gehst du ins Schlafzimmer, → **324**.

Beendest du die Suche, → **389**.

295 Auf der rechten Seite taucht eine verschlossene Tür auf. Da ihr sie von dieser

Seite nicht öffnen könnt, setzt ihr euren Weg fort. Kurz darauf knickt der Gang nach links ab. → **107**.

296 Mit angehaltenem Atem drückst du auf das Auge. Im Innern hörst du etwas klicken, hast jedoch keine Ahnung, was du ausgelöst hast.

Willst du auch das Auge von Itahs Pferd nach innen drücken, → **427**.

Wendest du dich Sgars Statue zu, → **229**.

Schaust du dir Itahs Statue näher an, → **201**.

297 Der Gang windet sich bald darauf nach rechts und mündet in eine große Höhle. Tropfsteine wachsen aus Boden und Decke, und an einigen Stellen hat sich Wasser gesammelt. An der hinteren Wand öffnen sich zwei weitere Stollen.

Folgt ihr dem rechten, → **384**.

Nehmt ihr den linken, → **341**.

298 Der Wirt macht kein besonders glückliches Gesicht, als dein Onkel ihm eure Absicht mitteilt. Aber da ein schlechtes Geschäft immer noch besser ist als gar keines, gibt er euch Decken und führt euch in den Stall (**streiche 2 Talente aus deinem Spiel-Protokoll**). Du bist so müde, dass du trotz des piekenden Strohs bis zum Morgen durchschläfst. → **154**.

299 Kurz darauf kommt ihr an eine Gabelung. Da der linke Weg nach wenigen Metern durch ein Fallgitter versperrt ist, für das ihr auf dieser Seite keinen Hebel finden könnt, folgt ihr dem Gang weiter geradeaus, → **163**.

300 Du versuchst, eine der Fackeln aus der Wandhalterung zu nehmen, aber sie ist so fest verankert, dass du sie ohne Werkzeug nicht entfernen kannst.
Möchtest du Sandrick bitten, euch Licht zu zaubern, → **186**.
Wollt ihr die Höhle verlassen, könnt ihr dies über den südlichen (→ **162**) oder den nördlichen Gang (→ **358**) tun.

301 Du holst den Ring aus deiner Tasche und hältst ihn hoch. „Haltet ein!", rufst du, so laut du kannst. „Erkennt ihr diesen Ring? Wir sind gekommen, um uns dem Schwarzen Magier anzuschließen!"
Entscheide dich, ohne vorher nachzusehen, ob du zu Station **250** oder zu Station **110** gehen willst, und lies dort weiter.

302 Aus den Schatten schwingt eine gewaltige Pendelklinge heran und trennt dir den Kopf von den Schultern.
Dein Abenteuer endet hier.

303

Karom sieht euch verwirrt an. „Wovon sprecht Ihr?"

Ihr setzt ihn in aller Kürze ins Bild. Er wird vor Entsetzen immer blasser. „Wenn ich euch doch nur helfen könnte! Aber ich weiß nichts von einem Amulett."

Er dreht sich zu seiner Frau um. „Nerla?"

Nerlas Augen sind glasig geworden. „Ein Amulett", murmelt sie abwesend. „Rena hätte eines haben sollen." Sie beginnt zu weinen.

Ihr Mann nimmt sie in den Arm. „Schon gut, Nerla, es wird alles wieder gut." Er sieht euch traurig an. „So ist sie, seit unsere kleine Tochter verschwunden ist."

„Was ist passiert?", willst du wissen.

„Rena hat ihre Mutter zum Beerensammeln begleitet. Plötzlich war sie verschwunden. Wir haben Tag und Nacht gesucht, aber keine Spur von ihr gefunden. Seither raubt der Kummer meiner Frau den Verstand."

Du musst an das kleine Mädchen bei der alten Hexe denken. „Ist eure Tochter etwa vier Jahre alt und hat lange braune Haare und blaue Augen?"

Karom starrt dich an. „Ja! Ja! Aber wie-"

„Kennt ihr die alte Kräuterfrau oben bei der Mine?"

Er schüttelt stirnrunzelnd den Kopf. „Die Tür zur Mine kenne ich, aber ein Haus habe ich da oben noch nie gesehen. Was-"

„Ich glaube, dass sie eure Tochter hat."

„Beim Himmel, wenn das wahr ist!" Er springt auf. „Zeigt mir den Weg!"

Beschreibt ihr Karom den Weg, → **180**.

Erbietet ihr euch, seine Tochter selbst zu holen, → **72**.

304 Ihr drückt versuchshalber gegen die Tür, doch sie bewegt sich nicht.

„Wie sollen wir sie öffnen?", fragst du verzweifelt. „Was, wenn Mogreb die einzigen Schlüssel hat?"

„Unwahrscheinlich", erwidert Sir Bol. „Bestimmt liegen in diesen Gewölben welche herum. Wir müssen uns genauer umschauen."

„Beeilen wir uns", sagt Sir Nokta mit schmalen Lippen. „Und lasst uns beten, dass wir Erfolg haben!"

Ihr fahrt wieder nach oben. Das Fallgitter hebt sich, und ihr geht den Weg zurück, den ihr gekommen seid. → **398**.

305 Während du auf die Pergamentseite starrst, erinnerst du dich an die seltsame gelochte Metallplatte. Du gehst zum Schreibtisch hinüber und breitest das Pergament aus. Dann legst du die Platte über den Text und schiebst sie vorsichtig hin und her. → **275**.

306 Du steckst den goldenen Schlüssel ins Schloss, aber er lässt sich nicht drehen.

Falls du ihn in deinem Besitz hast, probierst du jetzt den Kupferschlüssel (→ **339**).

Ansonsten bleibt euch nichts anderes übrig, als weiterzugehen (→ **144**).

307 Etwas bohrt sich in deinen Handteller. Mit einem Schmerzlaut ziehst du deine Hand zurück. Ein kleiner Stachel steckt in deinem Fleisch. Deine Sicht verschwimmt.
„Was ist passiert?", fragt Sandrick erschrocken.
„Ich, ich glaube, der Stachel … Gift."
Dir schwinden die Sinne. Als letztes hörst du, wie Sandrick deinen Namen ruft und Mogreb ihm mitleidlos befiehlt, sich wieder der Statue zuzuwenden.
Dein Abenteuer endet hier.

308 Nach einer Weile kommt ihr links an einer Abzweigung vorbei. In einiger Entfernung schimmert Tageslicht. Der Mineneingang. Ihr seid im Kreis gelaufen! Sir Nokta flucht verhalten vor sich hin. Ihr folgt dem Stollen weiter geradeaus in der Hoffnung, diesmal den richtigen Weg zu finden. → **363**.

309 „Werft mal eine Fackel herunter!", rufst du zu deinen Gefährten hinauf.
Sobald du Licht hast, erkennst du, dass du am Anfang eines Ganges stehst, dessen Wände nur grob behauen sind. Du beschließt, ihm zu folgen. Die anderen drei protestieren zwar, aber sie wissen ebenso gut wie du, dass du keine Wahl hast. Ihr könnt nur hoffen, dass die beiden Ebenen irgendwann wieder zusammentreffen.

Bald darauf tut sich vor dir eine tiefe Grube auf. An ihrem Rand verläuft nur ein schmaler, bröckliger Sims.
Willst du auf dem Sims um die Grube balancieren, → **166**.
Springst du über die Grube, → **273**.

310 Die Amphore enthält nichts als Asche. Du stellst sie zurück.
„Ihr solltet die Toten ruhen lassen", rügt dich Sir Nokta.
Wollt ihr jetzt einen Blick in die linke Nische werfen, → **348**.
Geht ihr weiter, → **139**.

311 Aus den Löchern in den Wänden schießen Flammenstrahlen, die euch zu Asche verbrennen.
Dein Abenteuer endet hier.

312 Ihr vernehmt ein Klicken. Aus der Wand hinter euch schießt ein Feuerstrahl und verbrennt dich am Rücken. **Du verlierst 2 Lebenspunkte.** Die Figuren gleiten an ihre ursprünglichen Positionen zurück.
Willst du eine andere Reihenfolge ausprobieren, **lies bei der entsprechenden Station weiter.**
Gebt ihr auf und kehrt um, → **264**.

313 Du musst an den Fußboden im Kloster denken. Wenn Karein das Muster hier unten als Vorbild gedient hat, solltet ihr vermutlich nur in Sgars Namen gehen. Du springst nacheinander auf S, G, A und R. Ohne eine Falle auszulösen, langst du auf der anderen Seite an. Leider weiß nun auch Mogreb, wie er gehen muss.

„Du bist klug, Thayet, das muss ich dir lassen." Er kichert selbstgefällig. „Und wie klug von mir, dich als Führerin gewählt zu haben." → **400**.

314 Mit Mühe gelingt es dir, die Flasche mit dem Gegengift zu entkorken und etwas von der bernsteinfarbenen Flüssigkeit zu schlucken. Gleich darauf entkrampfen sich deine Muskeln. Du hebst Sandricks Kopf an und flößt ihm das Gegengift ein, bevor du dich zu den Rittern hinüber schleppst und ihnen den Rest der Flüssigkeit zu trinken gibst.

„Eines steht fest", sagt Sir Bol stöhnend. „Ich nehme nicht denselben Weg zurück."

„Jetzt habt Ihr uns schon zum zweiten Mal gerettet", sagt Sir Nokta mit widerwilliger Anerkennung.

Ein Rasseln hinter euch lässt dich herumfahren. Ein Fallgitter hat euch den Rückweg abgeschnitten.

„Vermaledeites Labyrinth", knurrt Sir Bol.

Sir Nokta hebt eine Braue. „Was beschwerst du dich, Bol? Immerhin wurdest du erhört. Wir werden nicht denselben Weg zurückgehen."

Der Tunnel gabelt sich.

Nehmt ihr den rechten Gang, → **211**.

Wählt ihr den linken, → **113**.

315 Du sagst die Worte auf, die du in Ja'anas Keller gefunden hast, doch sie zeigen nicht die geringste Wirkung.

Was willst du als nächstes probieren?

Das blaue Pulver, → **159**.

Wasser aus deiner Flasche, → **76**.

Hast du weder das eine noch das andere, → **101**.

316 Es wird rasch dunkler. In einiger Entfernung scheint Licht durch die Zweige. Als ihr näher kommt, erkennt ihr, dass das Licht aus den Fenstern einer kleinen Hütte dringt.

Wollt ihr fragen, ob ihr dort die Nacht verbringen dürft, → **36**.

Geht ihr weiter, → **165**.

317 Der Fluss führt für diese Jahreszeit erstaunlich viel Wasser, vermutlich nicht zuletzt wegen der ergiebigen Regenfälle der letzten

Wochen. Die Wassermassen schießen zwischen den Felsen dahin, Äste und Gestrüpp mit sich tragend. Schon von weitem seht ihr, dass die hölzerne Brücke beschädigt ist. Das Hochwasser hat einen der Stützpfeiler geknickt.

Sir Bol zieht die Stirn in Falten. „Das gefällt mir nicht. Sieht nicht sehr stabil aus."

„Ich bin deiner Meinung, Bol", erwidert dein Onkel, „aber uns bleibt keine Wahl. Diese Brücke ist die einzige Verbindung zum anderen Ufer weit und breit."

Vorsichtig lenkt er seinen Hengst auf die schwankenden Bohlen. Die Brücke knarrt bedrohlich, aber sie hält. Als dein Onkel sicher auf der anderen Seite angelangt ist, folgen ihm nacheinander Sir Silan, Sir Bol und Agoros. Du bist die nächste. Als du das erste Drittel geschafft hast, hörst du lautes Knirschen und das Geräusch splitternden Holzes.

„Thayet!", schreit dein Onkel. „Zurück, die Brücke bricht!"

Unvermittelt gibt der Boden unter dir nach. Deine Stute Stern wiehert schrill und sucht schlitternd Halt. Mit ungeheurer Anstrengung gelingt es dir, sie herumzureißen. Du hast das Ausgangsufer kaum erreicht, als die Brückenkonstruktion endgültig nachgibt und in die Fluten stürzt. Zitternd starrst du zum anderen Ufer hinüber, das nun unerreichbar ist. Auch den anderen steht der Schreck deutlich ins Gesicht geschrieben.

Schließlich ruft Sir Nokta hinüber: „Reitet weiter, Beren, wir werden dem Fluss folgen und sehen, ob wir an einer anderen Stelle hinüberkommen!" Er bleckt die Zähne. „Wenn wir euch nicht mehr einholen sollten, richtet Mogreb meine Grüße aus!"

„Werde ich tun, Nokta! Pass dafür auf meine Nichte auf!"

„Pass du lieber auf dich auf, Onkel! Viel Glück euch allen! Wir sehen uns bald wieder!"

Als die vier außer Sicht sind, überlegt ihr, in welcher Richtung ihr bessere Chancen habt, über die Els zu kommen.

Entscheidet ihr euch dafür, flussaufwärts zu reiten, → **196**.

Folgt ihr dem Ufer flussabwärts, → **75**.

318

Nach wenigen Metern endet der Tunnel an einem gemauerten Durchgang. Dahinter liegt eine kleine quadratische Kammer mit Löchern in den Wänden. Auf dem Boden, der aus rostigen Eisenplatten besteht, liegen mehrere Skelette. In die gegenüberliegende Wand ist eine Steinplatte mit Ornamenten eingelassen.

Wart ihr schon einmal hier?

Wenn ja, → **254**.

Falls nicht, → **18**.

319

Mogrebs Räume liegen im Nordflügel der Burg. Du weißt, dass du eigentlich nicht berechtigt bist, ohne Einwilligung des Königs dort herumzuschnüffeln, aber dir drängt sich das Gefühl auf, dass es wichtig ist. Immer wieder siehst du dich vorsichtig um, aber in den Gängen ist niemand zu sehen. Glücklicherweise ist die Tür zu Mogrebs Zimmerflucht unverschlossen und nachdem du dich ein letztes Mal vergewissert hast, dass dich niemand beobachtet, schlüpfst du hinein.

Das Arbeitszimmer, das eher wie eine Experimentierküche anmutet, ist düster und selbst jetzt im Sommer kühl. Nur wenige Lichtstrahlen finden ihren Weg durch die hohen schmalen Fenster zu dem langen Tisch in der Mitte, der unter dem Gewicht allerlei seltsamer Gerätschaften beinahe zusammenbricht. Einige gläserne Tiegel und Röhrchen blubbern bedrohlich vor sich hin. Ein stechender Geruch liegt in der Luft. Du unterdrückst einen Hustenreiz. An den Wänden ziehen sich hohe Regale entlang, die mit Gläsern, Dosen und Pergamentrollen vollgestopft sind. Vor einem der Fenster steht ein Schreibtisch, dessen Platte vor lauter Schriftrollen und Büchern kaum noch zu erkennen ist. Eine Tür an der linken Wand führt offenbar ins Schlafzimmer. Daneben befindet sich ein großer Kamin, in dem noch einige Holzscheite glühen.

Wo willst du deine Suche beginnen?

Beim Schreibtisch, → **241**.

Bei den Regalen, → **294**.

Beim Tisch in der Mitte, → **287**.

Beim Kamin, → **193**.

Im Schlafzimmer, → **324**.

320 Ihr schüttet etwas von eurem Trinkwasser in die Schale, doch nichts geschieht.

„Vielleicht muss es Wasser aus dem Brunnen sein", meint Sandrick nachdenklich. „Oder das Orakel existiert nicht mehr."

„Jedenfalls können wir hier nichts ausrichten", sagt Sir Nokta ungeduldig. „Gehen wir zurück! Wir haben schon viel zu viel Zeit verschwendet."

„Ja, lasst uns zurückgehen", stimmst du zu, „und zwar bis zum Brunnen."

Doch als ihr dort ankommt, müsst ihr feststellen, dass die Quelle versiegt ist. Du läufst durch das Tor und wieder zurück, schlägst gegen das Maul des Fabelwesens – ohne Erfolg. Der Brunnen bleibt leer.

„Aber wie kann das denn sein?", rufst du verzweifelt aus.

Sandrick lehnt sich frustriert an den Beckenrand. „Scheint so, als hätten wir ein bestimmtes Ritual einhalten müssen, um das Orakel zu wecken."

Müde und enttäuscht tretet ihr den Rückweg an. Am Fuß der Treppe bereitet ihr euer Nachtlager. Dabei entdeckst du ein verrottetes Ledersäckchen, das halb unter einem Stein verborgen ist.

Möchtest du es öffnen, → **288**.

Lässt du das Säckchen, wo es ist, → **429**.

321 Ihr vernehmt ein Klicken. Aus der Wand hinter euch schießt ein Feuerstrahl und verbrennt dich am Rücken. Du kannst gerade noch ausweichen. Die Figuren gleiten an ihre ursprünglichen Positionen zurück.

Willst du eine andere Reihenfolge ausprobieren, **lies bei der entsprechenden Station weiter.**
Gebt ihr auf und kehrt um, → **264**.

322 Ihr lauft zwischen den Schafen hindurch auf das kleine Gehöft zu, das nur aus einem niedrigen, aus Feldsteinen errichteten Wohnhaus und einem Stall besteht. Im Hof davor steht ein Ziehbrunnen. Aus dem Stall dringen leise Geräusche. Als ihr weitergeht, wird hinter euch die Tür des Wohnhauses geöffnet und eine junge Frau tritt heraus, einen Eimer in der Hand.
Wollt ihr sie nach der kürzesten Route fragen, → **19**.
Setzt ihr euren Weg ohne Aufenthalt fort, → **51**.

323 „Nein, warte!" ruft Sandrick. „Ich glaube, du musst auf das ‚A' treten!"
Vertraust du ihm, → **85**.
Glaubst du, dass er sich irrt, → **261**.

324 Mogrebs Schlafgemach ist bis auf ein Bett mit schweren violetten Samtvorhängen, einen dunklen Schrank und eine geschnitzte Truhe am Fußende des Bettes leer. Nicht einmal ein Wandbehang verdeckt die kahlen Steinmauern. Die Einrichtung ist so karg und unpersönlich wie der Magier selbst.
Wenn du den Schrank öffnen willst, → **272**.
Möchtest du in der Truhe nachsehen, → **340**.
Gehst du ins Arbeitszimmer, → **396**.

325 Du ziehst deinen Dolch und springst auf Mogreb zu. Einen Augenblick lang scheint es so, als sei der Magier zu überrascht, um sich zu wehren. Doch als dein Arm zum tödlichen Stoß herabfährt, schießt aus seiner Hand ein weiterer Lichtblitz. Glühender Schmerz umhüllt dich.

Wenn du aus deiner Bewusstlosigkeit erwachst, wirst du ebenso wie Sandrick eine von Mogrebs ersten neuen Kristallsklaven sein.

Dein Abenteuer endet hier.

326 Nach Sir Nokta und Sandrick rennst du los. Wohlbehalten langst du auf der anderen Seite an. Nachdem auch Sir Bol unbeschadet durch die schlagenden Platten gekommen ist, setzt ihr euren Weg fort.

Bald darauf knickt der Tunnel nach links ab. → **50**.

327 Du hast das unbestimmte Gefühl, dass du nicht auf die bemalten Platten treten solltest. Deshalb nimmst du deinen Bogen von der Schulter und beugst dich vorsichtig vor. Du stupst das Kästchen an, bis es zu Boden fällt, und ziehst es mit dem Bogen zu dir heran.

Sir Bol schlägt dir auf die Schulter. „Gut gemacht."

Im Innern des Kästchens klappert etwas. Ein Schlüsselloch gibt es nicht, nur ein Ornament, das dich an den Kopf eines Tigers erinnert. Du drehst das Kästchen hin und her und betrachtest den Kopf von allen Seiten.

Sieh dir das Bild auf an. Hast du eine Idee, wie du das Kästchen öffnen kannst, **lies bei der entsprechenden Station weiter.**

Musst du dir eingestehen, dass du den Mechanismus nicht knacken kannst, gibst du Sir Noktas Drängen nach, endlich weiterzugehen. → **139**.

328 Wenig später wendet sich der Gang nach rechts. Unmittelbar darauf zweigt links ein neuer Weg ab, während euer Stollen eine weitere Rechtskurve beschreibt.

Folgt ihr der Kurve, → **30**.

Nehmt ihr die Abzweigung, → **308**.

329 Du befiehlst den Kristallsklaven, deine Gefährten in Mons Tempel zu bringen. Im Labyrinth ist dir jedes Zeitgefühl abhandengekommen. Ist heute der richtige Tag?

Du wartest bis zum nächsten Morgen. Doch so sehr du nach etwas Ungewöhnlichem Ausschau hältst: es öffnet sich kein Portal. Vielleicht hast du das Orakel falsch verstanden oder du bist zu spät gekommen.

Erschöpft lässt du dich auf eine geborstene Säule sinken. Sandrick bleibt vor dir stehen und schaut dich unbewegt an. Sein seelenloser Blick treibt dir Tränen in die Augen. Du fühlst dich schrecklich allein. Du hast Mogreb besiegt, aber der Preis war hoch. Du holst den Seelenfänger aus deiner Tasche und starrst ihn an, als würde er dir dadurch sein Geheimnis preisgeben. In einem Anflug hilflosen Zorns schleuderst du ihn gegen die Wand. Mit einem singenden Ton prallt er vom Gestein ab und rollt unter einen Busch. Einer der Untoten hebt ihn auf und bringt ihn dir unterwürfig zurück. Der Kristall ist unversehrt. Mit einem erstickten Schluchzen nimmst du ihn wieder an dich.

Endlich rühren sich deine Gefährten und erwachen nach und nach. Bald könnt ihr nach Hause zurückkehren.

In dir keimt neue Zuversicht. Ihr habt das Unheil abgewendet und bestimmt findet ihr mit Agoros' Hilfe eine andere Möglichkeit, den Kristall zu zerstören und Sandricks Seele zu befreien.

Dein Abenteuer endet hier.

330 Plötzlich wird die Tür aufgerissen und mehrere Wachen der Stadtgarde stürmen herein. Ihr Anführer baut sich drohend vor euch auf. „Keine Bewegung! Ihr seid festgenommen!"

Sir Nokta fährt herum. „Was erdreistest du dich, Mann!", poltert er. „Wessen beschuldigst du uns?"

„Ich stelle hier die Fragen!", weist ihn der Hauptmann scharf zurecht. „Seid Ihr bekannt mit einem Ritter namens Sir Bol?"

„Bol?" fragt Sir Nokta verdutzt. „Was ist mit ihm?"

„Ihr kennt ihn also!"

„Natürlich, aber ich verstehe nicht-"

„Er steht im Verdacht, die Heilerin Ja'ana ermordet zu haben."

Du reißt entsetzt die Augen auf. Eure Gefährten sind zu spät gekommen, um Ja'ana zu warnen!

Sir Nokta schnaubt abfällig. „Bol? Das ist absurd!"

„Das wird sich zeigen. Mitkommen!"

Die Wachen bringen euch ins Stadtverlies. Die Luft riecht feucht und modrig. Du schreckst vor den klammen Steinwänden zurück und schauderst bei dem Gedanken, hier auf unbestimmte Zeit festzusitzen. Der Hauptmann schließt eine der Zellentüren auf und winkt euch mit einer Kopfbewegung hinein. Der Gefangene dort springt von seinem Strohsack auf. Ungläubig starrt er euch an.

„Nokta? Bei Sgars Schopf, hat der verrückte Hauptmann auch Euch gefangen?"

„Wie Ihr seht", gibt Sir Nokta zurück. „Was ist denn nun eigentlich geschehen?"

Sir Bol seufzt. „Agoros war der Meinung, es sei das Beste, so schnell wie möglich nach Kōs weiterzureiten, deshalb hat Beren mich allein zu Ja'ana geschickt. Doch Mogreb war vor mir dort – sie lag tot am Boden. Ich war dabei, mich umzusehen, als die Stadtwache auftauchte. Dieser Schwachkopf von Hauptmann hat mir nicht mal zugehört. Seitdem sitze ich hier." Er wendet sich an Mogrebs Neffen. „Ihr könnt nicht zufällig Schlösser öffnen, Sandrick?", fragt er hoffnungsvoll.

Sandrick schüttelt unglücklich den Kopf. „Ich fürchte, nein."

Deine Tasche haben dir die Wachen abgenommen, aber vielleicht findest du in deinem Mieder etwas, das euch weiterhelfen könnte.

Besitzt du Vergiss-mich-Kraut, → **6**.

Hast du dieses Kraut nicht, → **387**.

331 In der Nische steht eine Deckelamphore, deren Griffe von Eichhörnchen gebildet werden.

Willst du die Amphore öffnen, → **361**.

Wollt ihr einen Blick in die linke Nische werfen, → **255**.

Zerreißt ihr das Spinnennetz, → **44**.

Geht ihr weiter, → **139**.

332 Du erklärst Jom, dass du nicht im Traum daran dächtest, seine Wucherpreise zu bezahlen, und wendest dich zum Gehen.

Der Schmied gibt nach. „Also schön, Mädchen. Ich lasse Euch jeden Artikel einen Gulden billiger. Seid Ihr nun zufrieden?"

Das ist ein Wort! Kehre zu Station **114** zurück und kaufe, was du möchtest. **Dabei darfst du von jedem Gegenstand 1 Gulden abziehen.** Dein Onkel nickt anerkennend.

Möchtest du versuchen, einige der Dinge noch weiter herunterzuhandeln, → **267**.

333 Du huschst ins Schlafzimmer und ziehst die Tür hinter dir zu. Durch einen schmalen Spalt beobachtest du, wie sich die Tür zum Gang öffnet. Der König betritt das Zimmer, gefolgt von deinem Onkel und Sandrick. Erleichtert trittst du aus deinem Versteck, um ihnen deinen Fund zu zeigen. → **71**.

334 Du drückst das Ornament nach innen. Doch statt sich das Fallgitter hebt, läuft ein Zittern durch den Boden. Rumpelnd senkt er sich ab.

Sir Bol starrt auf die Eisenplatten, als könnte er sie durch pure Willenskraft anhalten. „Bei Sgar, was ist das für Dämonenwerk?"

→ **146**.

335 Der Gang schwenkt erneut nach links und endet in einer weiteren Kammer. Die gesamte linke Wand wird von einer bemalten Reliefdarstellung eingenommen, die Sgars und Itahs Hochzeitszug zeigt. Auf der rechten Seite stehen Sgar und

Itah als lebensgroße goldene Statuen. Die beiden Götter sind einander zugewandt. Beide haben die rechte Hand in einer segnenden Geste erhoben, während sie die linke mit der Handfläche nach oben vor dem Körper halten.

Möchtest du dir den Hochzeitszug näher anschauen, → **403**.

Wendest du dich Sgars Statue zu, → **229**.

Untersuchst du Itahs Statue, → **201**.

336 Du ziehst deine Geldbörse hervor. „Vielleicht fällt dir doch noch eine Möglichkeit ein, wie wir auf die andere Seite des Flusses gelangen können?"

Verlangend schielt die Gnomin auf die Münzen. „Ihr könntet durch die Minen geh'n", sagt sie zögernd. „'S gibt noch 'nen Eingang auf der ander'n Seite des Bergs. Aber den genauen Weg kenn' ich nich'." Du bedankst dich und gibst der kleinen Frau das Geld. (**Streiche 2 Talente aus deinem Protokoll.** Hast du kein Geld mehr, springt Sir Nokta ein.) → **49**.

337 Als ihr euch dem südlichen Ende des Tals nähert, seht ihr die ersten Spuren des verheerenden Kampfes, der hier einst gewütet hat. Teilweise von Gras überwuchert, stechen Skelette und verwitterte Waffen aus der Landschaft hervor – stumme Zeugen einer Schlacht, die Jahrhunderte zuvor geschlagen wurde und noch immer nicht endgültig gewonnen ist. Und dann taucht in der Ferne endlich euer Ziel auf: die Tempelanlage von Kōs.

Zwei Stunden später reitet ihr durch die Reste der Außenmauern, auf einen weiteren Hinterhalt gefasst. Doch die heilige Stätte liegt ruhig und friedlich da.

Von den ausgedehnten Gärten ist außer bröckligen Mauern und einigen verkrüppelten Bäumen nichts übriggeblieben. Das Erdbeben hat die Quelle, die den Tempel einst speiste, versiegen lassen, und die meisten Pflanzen sind vertrocknet. Die widerstandsfähigen haben sich dagegen ausgebreitet und Wege und Mauern gesprengt.

Von Mogreb ist weit und breit nichts zu sehen – von deinem Onkel und Agoros allerdings auch nicht.

Selbst in verfallenem und von Unkraut und Ranken überwuchertem Zustand bieten die drei Tempel mit ihren zahlreichen Nebengebäuden einen beeindruckenden Anblick. Soweit du weißt, war die Anlage in ihrer Blütezeit eine der größten in ganz Leroda. Dabei ist nicht einmal die Hälfte zu sehen. Unter den Tempeln liegen die unterirdischen Grabstätten der Priester und anderer bedeutender Anhänger – ein verschlungenes Gewirr aus Gängen und Kammern. Es heißt, sie seien durch tödliche Fallen geschützt, und vermutlich haben die Schwarzen Druiden diese noch ausgebaut, als sie sich auf der Flucht vor ihren Feinden dorthin zurückzogen.

Welchen Tempel wollt ihr zuerst in Augenschein nehmen?
Sgars Tempel, → **206**.
Itahs Tempel, → **418**.
Mons Tempel, → **237**.

338 Der Weg beschreibt einen Bogen nach links und gabelt sich nach einer Weile. Da der rechte Gang nach wenigen Metern durch ein Fallgitter versperrt ist, für das ihr auf dieser Seite keinen Hebel finden könnt, geht ihr weiter geradeaus. → **93**.

339 Du kannst es kaum glauben: Der Schlüssel passt!
„Und den hast du wirklich von dem alten Mann auf dem Schiff?", fragt Sir Bol ungläubig.
„So ungefähr. Er steckte in der Drachenskulptur. Mogrebs Ring hat das Fach geöffnet."
Sir Bol pfeift durch die Zähne. „Alle Achtung, Thayet! Ihr seid ein pfiffiges Mädchen."
Hinter der Tür liegt ein weiterer Gang.
Wählt ihr diesen Weg, → **385**.
Folgt ihr weiter dem ursprünglichen Tunnel, → **144**.

340 In der Truhe findest du nicht viel Interessantes, nur ein paar von Mogrebs persönlichen Dingen. Schließlich entdeckst du ganz unten einen massiven Goldring mit einem aus schwarzem Stein geschnittenen Siegel. Du steckst ihn ein. Vielleicht kennt Sandrick das Symbol.

Willst du jetzt den Schrank durchsuchen, → **272**.

Gehst du zurück in Arbeitszimmer, → **396**.

341 Der Stollen wird immer schmaler und niedriger. Bald müsst ihr euch bücken, um euch nicht den Kopf zu stoßen. Sir Nokta nimmt die letzte Fackel aus der Halterung und leuchtet in die Dunkelheit. Decke und Wände werden in unregelmäßigen Abständen von Holzpfeilern gestützt.

„Ich glaube nicht, dass das der richtige Weg ist", sagt der Ritter zweifelnd. „Scheint lange nicht benutzt-"

„Still!", unterbricht Sandrick ihn angespannt. „Hört Ihr das auch?"

Du vernimmst ein leises Knirschen und Ächzen, bei dem sich dir die Härchen aufstellen. Sand rieselt auf euch nieder. Sandrick packt dich am Arm. „Raus hier! Der Gang stürzt gleich ein!"

Über euch ertönt ein dumpfes Grollen. Die ersten Pfeiler brechen ein, Felsbrocken regnen von der Decke. Staub umhüllt dich und nimmt dir die Sicht.

Hältst du dich auf der rechten Seit des Ganges, → **134**.

Läufst du mehr links, → **105**.

342 Der Gang ist düster und unheimlich. Auf einmal spürst du einen Luftzug im Gesicht. Im selben Moment brüllt Sir Nokta: „Hinlegen!"
Befolgst du seine Worte, → **224**.
Bleibst du stehen, → **302**.

343 Du stößt mit dem Rücken gegen die Wand. Die Spinne lässt sich fallen und beißt dich in den Hals. **Du verlierst 2 Lebenspunkte.** Mit einem Aufschrei schüttelst du dich und wischst die Spinne zu Boden. Sir Bol kommt dir zu Hilfe und macht ihr den Garaus. Besorgt sieht er sich die Bissstelle an.
„Alles in Ordnung?"
Du kämpfst gegen ein Würgen an und reibst dir den Hals.
„Ich, ich glaube schon. Wenigstens scheint das Biest nicht giftig gewesen zu sein."
„Wir müssen vorsichtiger sein", mahnt Sir Nokta. „Weiß Mon, was hier noch alles lauert!"
→ **210**.

344 Plötzlich öffnet sich unter euch eine verborgene Falltür und ihr stürzt in die Tiefe. Ihr landet auf sandigem Untergrund am Anfang eines schmalen Ganges. Zum Glück hat der Sand euren Sturz abgefedert und außer einigen Prellungen ist euch nichts passiert. Doch ihr habt euch kaum von eurem Schrecken erholt, als ihr bedrohliches Zischen vernehmt. Aus Ritzen und Löchern in der Wand kriechen fingerdicke schwarze Schlangen, die zielstrebig auf euch zu gleiten.
„Lauft!", ruft Sir Bol.

Mit dem Schwert nach allen Seiten schlagend, bahnt er sich einen Weg durch die Reptilien. Du reißt eine der Fackeln aus ihrer Halterung und schwenkst sie im Laufen gegen die Schlangen, doch es sind einfach zu viele und sie kommen von überallher. Bevor du die Treppe am Ende des Ganges erreichst, haben dich mindestens drei Schlangen gebissen.

Besitzt du ein Gegengift, → **106**.

Hast du so etwas nicht, → **47**.

345 Du springst auf die erste Platte. Aus der Wand zischt ein kleiner Pfeil und bohrt sich in deine Schulter. **Ziehe dir 1 Lebenspunkt ab!** Offenbar war dies die falsche Wahl! Du hast das Gefühl, dass es jetzt nicht mehr darauf ankommt. Mit großen Sätzen springst du über die Platten. Überall schießen jetzt Pfeile aus der Wand! **Du verlierst 3 weitere Lebenspunkte.** Endlich erreichst du sicheren Boden.

„Aber meine Liebe", tadelt dich Mogreb hämisch, „ich habe dich für klüger gehalten. Es ist doch eindeutig, in welcher Reihenfolge die Steine zu betreten sind."

Du kochst vor Wut. Er kannte die Reihenfolge und hat dich in die Falle laufen lassen!

Unbeschadet überquert der Magier das Muster, gefolgt von Sandrick. → **400**.

346 Diesmal zielst du besser. Dein Pfeil trifft die Kreatur mitten in die Brust. Mit einem klagenden Schrei stürzt sie zu Boden. Auch die beiden Ritter haben ihren Gegner inzwischen bezwungen.

Wollt ihr euch in der Höhle umsehen, → **57**.

Verlasst ihr diesen Ort lieber so schnell wie möglich, →
289.

347 „Also schön", sagt dein Onkel. „Was verlangt Ihr dafür?"

„6 Talente von jedem von Euch, edler Herr."

Dein Onkel schnappt empört nach Luft. „6 Talente? Seid Ihr noch zu retten, Mann?"

„Aber versteht doch, Herr, ich muss schließlich die anderen Gäste für ihre Unannehmlichkeiten entschädigen!"

Zähneknirschend beißt ihr in den sauren Apfel (**streiche 6 Talente aus deinem Spiel-Protokoll**). Die Augen des Wirts beginnen zu leuchten, als er das Geld einsteckt. Immerhin hält er Wort und macht drei Zimmer für euch frei. Du schläfst tief und traumlos bis zum nächsten Morgen. →
154.

348 In der Nische liegt ein Haufen Tonscherben. Du stocherst ein wenig darin herum, findest aber nichts außer einem Rest Asche.

Wollt ihr einen Blick in die rechte Nische werfen, → **199**.

Geht ihr weiter, → **139**.

349 Du kannst dir keinen Grund denken, aus dem Mogreb nicht wollte, dass jemand diese Zeilen liest, beschließt jedoch, die Seite mitzunehmen und sie später deinem Onkel zu zeigen.

Was willst du dir als nächstes vornehmen?

Den Tisch in der Mitte, → **287**.

Die Regale, → **294**.

Den Schreibtisch, → **241**.

Das Schlafzimmer, → **324**.

Gehst du zurück in dein Zimmer, um auf deinen Onkel zu warten, → **389**.

350 Habt ihr bei einem früheren Besuch das Spinnennetz zerrissen?

Wenn ja, → **285**.

Falls nicht, → **44**.

351 „Hört mal!", rufst du zu den Wachen hinüber. „Ich gebe euch für den Bierkrug diesen goldenen Ring!"

Einer der Wachen lacht ungläubig. Doch als sie sehen, dass du es ernst meinst, tritt ein begehrliches Leuchten in ihre Augen. Bereitwillig reichen sie dir den Krug. Ihr tut so, als würdet ihr jeder einen Schluck trinken. Bevor du den Bierkrug zurückgibst, lässt du unauffällig etwas von dem Kraut hineinfallen, das unter dem Schaum nicht zu sehen ist. Die Wächter sind überrascht, dass ihr von dem teuer erkauften Bier nur so wenig getrunken habt, doch achselzuckend nehmen sie den Krug zurück.

Ihr wartet eine Weile.

„Bei Sgar, ich muss eingenickt sein", sagt einer der Wächter gähnend. „Wer ist an der Reihe?"

„Haben wir überhaupt Karten gespielt?", fragt der zweite verwirrt. „In meinem Kopf dreht sich alles."

„He!", sagst du laut. „Ihr solltet uns doch zum Hauptmann bringen! Habt ihr das etwa vergessen?"

Der dritte Wächter runzelt die Stirn. „Hauptmann? Welcher Hauptmann?"

„An eurer Stelle würde ich nicht so herumtrödeln", sagst du. „Euer Hauptmann kann verdammt ungemütlich werden. Das haben wir vorhin am eigenen Leib erfahren."

Die Wachen sehen sich unbehaglich an.

„Die Schlüssel hängen da drüben am Haken", schaltet sich Sandrick hilfsbereit ein.

Endlich schließt einer der Männer eure Zellentür auf. Es fällt den beiden Rittern nicht schwer, die benebelten Wachen zu überwältigen.

Sir Bol grinst. „Interessantes Kraut. Wo habt ihr es her?"

„Erzähle ich dir später, Bol", vertröstet ihn Sir Nokta.

Die Ritter nehmen ihre Sachen wieder an sich und kleiden sich in die Umhänge und Helme der Wächter. Bei einem der Männer findest du **3 Teshrah**, die du kurzerhand einsteckst. Und natürlich holst du dir auch **Mogrebs Ring** zurück.

Mit gezogenen Waffen steigt ihr die Treppe hinauf. Doch ihr habt Glück, niemand kreuzt euren Weg. Du und Sandrick wartet hinter der Mauer, während die beiden Ritter zu den Torwächtern schlendern.

„Der Hauptmann sagt, wir sollen euch ablösen", brummt Sir Nokta.

„Wird aber auch Zeit, was, Belk?"

Du hältst den Atem an, als die beiden Wächter an euch vorbei zur Kommandantur gehen, aber sie bemerken euch nicht. Rasch folgt ihr Sir Nokta und Sir Bol durch das Tor. Ihr biegt in eine Seitengasse ein und wartet in einer Taverne darauf, dass die Stadttore geöffnet werden. → **128**.

352 Kurz darauf kommt ihr zu einer Kreuzung. Da der linke Weg durch ein Fallgitter versperrt ist, könnt ihr entweder weiter geradeaus gehen (→ **424**) oder in den rechten Tunnel einbiegen (→ **342**).

353 In Sandricks Handflächen formt sich eine leuchtende blaue Kugel, aber bevor er sie hochheben kann, flackert sie und erlischt. Er legt die Stirn in konzentrierte Falten und wiederholt die Worte. Die Kugel entsteht erneut, aber sie ist zu schwach, um die Umgebung zu erhellen. Seufzend gibt der Zauberlehrling auf.
„Tut mir leid, es klappt nicht immer."
Da ihr euch ohne Licht nicht weiter in die Kammer hineinwagen könnt, verlasst ihr sie über
den südlichen Gang, → **162**,
den nördlichen Gang, → **358**.

354 Die Schmerzen werden immer schlimmer. **Du verlierst 3 Lebenspunkte.**
Hast du danach noch mindestens 5 Lebenspunkte, → **158**.
Besitzt du weniger als 5 Lebenspunkte, → **428**.

355 Glückwunsch, du hast das Rätsel gelöst! An dieser Stelle ist die Hecke weniger dicht. Als du die Ranken vorsichtig auseinanderbiegst, entdeckst du einen Durchgang. Vor Überraschung reibst du dir die Augen: zwischen einigen schlanken Bäumen steht das Hexenhaus! Wie um alles in der Welt ist die Hütte hierhergekommen? Das Kräuterweib verfügt anscheinend über mehr Magie, als du dachtest.

Willst du nicht noch mehr Zeit verlieren und gehst allein zur Hütte, um die Hexe zur Rede zu stellen → **276**.

Kehrst du zu deinen Gefährten zurück, um ihnen zu berichten, dass du das Hexenhaus gefunden hast, → **399**.

356 Ihr ignoriert die Aufforderung und geht raschen Schrittes an der Statue vorbei. Plötzlich quillt aus ihren Nasenlöchern gelber Dampf. Der stechende Geruch treibt dir Tränen in die Augen. Hustend presst du deinen Umhang über Mund und Nase und stolperst vorwärts. Das Zeug brennt in deiner Lunge wie Feuer. **Du verlierst 2 Lebenspunkte.**

„Verfluchtes Dämonenwerk!", keucht Sir Bol.

→ **295**.

357 Epicharis legt dir eine Hand auf den Arm. „Stellt euch das Tor vor, um dorthin zu gelangen, Thayet."

Entscheide dich, ohne vorher nachzusehen, für Station **32** oder **184** und lies dort weiter!

358 Bald darauf mündet der Gang in einen Querstollen.
Geht ihr nach links, → **125**.
Haltet ihr euch rechts, → **64**.

359 Du weichst zurück, bis du mit dem Rücken gegen die Wand stößt. Der Anführer der Räuber bleckt siegessicher seine gelben Zähne und greift nach dir.
Duckst du dich unter seinem Griff weg, → **379**.
Verteidigst du dich mit deinem Dolch, → **152**.

360 Einer Eingebung folgend, starrst du Mogreb ebenfalls mit leerem Blick an. Du hoffst, dass du apathisch genug aussiehst, um glaubhaft zu wirken.
Mogreb verzieht die Lippen zu einem teuflischen Grinsen.
„Thayet, meine Liebe, lass uns deine Ergebenheit auf die

Probe stellen. Erschieß meinen Neffen! Tot dient er mir genauso gut."

Er lacht, als hätte er einen Witz gemacht. Aus der Luft greift er einen Pfeil und wirft ihn dir zu.

Dir bricht kalter Schweiß aus. Hat der Magier etwas gemerkt? Du unterdrückst deine Furcht und spannst mit unbewegter Miene den Bogen. Dies ist deine letzte Chance! Du zielst auf Sandrick, der ausdruckslos zu dir hochschaut, doch im letzten Augenblick schwenkst du den Bogen herum.

Dein Pfeil trifft seinen Onkel in die Brust. Aus den Fingern des überrumpelten Magiers zuckt ein Blitz, der dich knapp verfehlt. Einem weiteren Blitz entgehst du durch einen Sprung zur Seite.

Mogreb kreischt vor Schmerz und Wut. Mit ausgestrecktem Arm taumelt er auf dich zu. „Das ... wirst ... du ... bereuen!"

Blutiger Schaum tritt auf seine Lippen. Bevor er einen dritten Blitz auf dich schleudern kann, kippt er vornüber und bleibt reglos liegen. Vorsichtig näherst du dich ihm und überzeugst dich davon, dass er wirklich tot ist.

„Für mich gibt es nichts zu bereuen", sagst du kühl. „Schachmatt, Mogreb."

Du löst die Kristallkugel aus seinen Fingern und wickelst sie wieder in das Tuch. Sandrick beobachtet dich dabei, doch in seinem Gesicht ist nicht ein Funke des Wiedererkennens. Seine Seele ist weiterhin im Kristall gefangen. Er sieht nun dich als seine Herrin an. Du nimmst seine Hand und ziehst ihn auf die Füße.

Hast du den Durchgang zur Halle bereits geöffnet, kehrst du mit Sandrick zu deinen Gefährten zurück. → 58.

Ist der Durchgang noch geschlossen, → 204.

361 Die Amphore enthält nichts als Asche. Du stellst sie zurück.

„Ihr solltet die Toten ruhen lassen", rügt dich Sir Nokta.

Wollt ihr jetzt einen Blick in die linke Nische werfen, → **255**.

Zerreißt ihr das Spinnennetz, → **44**.

Geht ihr weiter, → **139**.

362 In der Truhe liegt ein alter **grauer Umhang**. Wenn du willst, kannst du ihn mitnehmen. Vielleicht gibt er irgendwann eine nützliche Verkleidung ab. Als du den Umhang hochhebst, entdeckst du darunter ein altes Buch. Es scheint eine Kräuterkunde zu sein. Du blätterst durch die zerlesenen Seiten. Dabei fällt ein kleines Stück Pergament heraus.

„Amoth thal nekta", liest du langsam. Du zeigst Sandrick den Zettel. „Weißt du, was das heißt?"

Er runzelt die Stirn. „Hm, nein. Muss eine alte Sprache sein."

Du willst das Pergament schon zurück ins Buch stecken, als du es dir aus einem Gefühl heraus anders überlegst und es in deine Tasche steckst.

„Wir sollten das Haus lieber verlassen", rät Sandrick. „Es ist zu riskant, noch länger hier zu bleiben."

Er löscht das Licht und du kletterst hinter ihm die Leiter hinauf. → **266**.

363 Wenig später zweigt auf der rechten Seite ein Stollen ab.
Geht ihr weiter geradeaus, → **116**.
Nehmt ihr die Abzweigung, → **41**.

364 Du kannst das Wasser entweder in einen von den Krügen oder in deine eigene Wasserflasche füllen. Entscheide dich für eine der beiden Möglichkeiten und **notiere deine Wahl im Protokoll**!
→ **161**.

365 Du stehst allein auf einer kahlen Ebene. Es herrscht ein seltsames Zwielicht ohne Farben oder Schatten. Am Horizont zucken purpurfarbene Blitze. Du hörst ein Geräusch wie das Heulen von Wind, aber du kannst keinen Luftzug spüren. Um deine Beine wabert grauer Nebel. Obwohl dir nicht kalt ist, fröstelst du. Wie sollst du Agathos und Epicharis hier finden? Wenn du wenigstens wüsstest, in welcher Richtung der Schwarze Turm liegt!

Auf einmal siehst du weit entfernt ein hohes, dunkles Gebäude aufragen. Du bist dir sicher, dass es eben noch nicht da war! Schwankend zwischen Hoffnung und Furcht gehst du darauf zu. Der Turm wird rasch größer und bereits nach kurzer Zeit stehst du direkt davor. Er besteht aus schwarzem Stein und hat weder Türen noch Fenster. Du seufzt mutlos. Es sieht nicht so aus, als wären Agathos und Epicharis hier.

„Ist es wirklich möglich?", ruft hinter dir eine weibliche Stimme. „Ist endlich jemand gekommen?"

Du fährst herum. Hinter dir stehen eine Frau und ein Mann mittleren Alters, gekleidet in altmodische Magiergewänder.

„Mein Name ist Epicharis", stellt sich die Frau vor. „Und das ist Agathos."

Du starrst sie an. „Also ist es wahr! Ihr wart all die Jahrhunderte über in dieser Welt!"

Epicharis stößt einen kleinen Schreckenslaut aus. „So viel Zeit ist in unserer Welt vergangen?"

Agathos legt ihr den Arm um die Schultern. „Wir haben es befürchtet, aber ..." Er schüttelt den Kopf. „Wie ist Euer Name?"

„Thayet. Thayet von Arden. Ich bin gekommen, um Liors Hammer zu holen – und Euch in unsere Welt zurückzubringen."

„Dann habt Ihr den Schwarzen Kristall gefunden?"

Du nickst. „Wir konnten verhindern, dass er in falsche Hände gerät, aber wir werden nie wirklich in Sicherheit sein, ehe der Seelenfänger nicht zerstört ist."

Agathos nickt. „Dann wollen wir es endlich zu Ende bringen. Ihr braucht uns nur noch zum Tor zu führen,

Thayet. Der Hammer wartet schon lange darauf, den Kristall zu zerschmettern."

Du blickst dich um. Die Ebene sieht überall gleich aus.

„Ich weiß nicht mehr, wo ich hergekommen bin", sagst du unsicher. „Es könnte von dort drüben gewesen sein. Ich bin einfach auf den Turm zu gelaufen."

Trägst du einen Ring mit einem blauen Stein, → **63**.

Besitzt du einen solchen Ring nicht, → **357**.

366 Du erwachst von einem Brennen und Kribbeln, das deinen ganzen Körper erfasst hat. Als du die Decke abstreifst, entdeckst du Hunderte von Waldameisen, die auf dir herumkrabbeln. Du hast dich in eine Ameisenstraße gelegt! Mit einem unterdrückten Fluch springst du auf und beginnst hektisch, die Ameisen abzustreifen. Sandrick, der gerade die Wachschicht hat und sich kaum das Lachen verbeißen kann, hilft dir, deine Peiniger loszuwerden. Das scheußliche Jucken und Brennen hält noch eine ganze Weile an und es dauert lange, bis du wieder einschlafen kannst. Aufgrund dieses nächtlichen Erlebnisses **verlierst du 1 Lebenspunkt**.

Am nächsten Morgen brecht ihr zeitig auf. Gegen Mittag erreicht ihr Taros, die letzte Stadt vor der Grenze zu Kalhamar. → **175**.

367 Hast du Wasser aus dem rechten Brunnen getrunken?

Falls ja, → **2**.

Wenn nicht, → **233**.

368 Die Hecke ist hoch und dicht. Du kannst weder einen Durchlass erkennen noch irgendein Anzeichen dafür, dass außer den Tieren des Waldes jemand hier war. Daher kehrst du um und triffst dich zum vereinbarten Zeitpunkt wieder mit den anderen. → **138**.

369 Die Treppe endet nach wie vor an einer glatten Wand. Dir fällt nur noch eine Möglichkeit ein, den Ausgang zu öffnen. Du schickst Sandrick zurück in den Raum mit den Statuen und weist ihn an, das Auge von Sgars Pferd nach innen zu drücken. → **383**.

370 Der Weg führt lange Zeit geradeaus. Auf der linken Seite taucht eine vergoldete Schnitzerei auf, die Sgar im Kampf gegen eine dreiköpfige Schlange zeigt. Dahinter liegt ein Hohlraum.
Möchtest du die Holzplatte abnehmen, → **226**.
Geht ihr weiter, → **414**.

371 Der Tunnel verbreitert sich zu einer natürlichen Höhle, deren Boden mit Totenschädeln und Knochen übersät ist.
Wart ihr schon einmal hier?
Falls ja, → **238**.
Wenn nicht, → **16**.

372 Ihr seid noch nicht weit gegangen, als du ein bösartiges Surren hörst. Aus den Wänden vor und hinter euch schießen kleine Pfeile hervor. Einer davon trifft dich am Arm. **Du verlierst 1 Lebenspunkt.** Ihr müsst einen unsichtbaren Kontakt ausgelöst haben! Du schützt deinen Kopf mit den Armen und beginnst zu laufen. Endlich hört der Pfeilbeschuss auf, doch du wurdest noch zweimal getroffen. **Ziehe dir 2 weitere Lebenspunkte ab!** Das unterdrückte Stöhnen deiner Gefährten zeigt an, dass auch sie nicht ohne Blessuren durch den Pfeilhagel gekommen sind. Zum Glück hat keiner von euch ernsthafte Verwundungen davongetragen.

Der Tunnel knickt nach rechts ab und führt eine Weile geradeaus, ehe er einen Bogen nach links beschreibt. Kurz darauf gabelt sich der Weg.

Geht ihr nach links, → **46**.

Wendet ihr euch nach rechts, → **208**.

373 Du leerst das Brunnenwasser in die Schale. Quälende Sekunden lang geschieht nichts, dann öffnet die Statue langsam die Augen. Ihr starrer Blick zieht dich in seinen Bann. Eine dunkle Stimme hallt durch den Tempel, obwohl sich die Lippen der Sphinx nicht bewegen.

„Du kamst hierher, mich zu befragen,
doch musst du erst mir Antwort sagen:
In einem Land, von dem ich nun berichte,
lebten nur Ritter und Bösewichte.
Es ist bekannt, dass die Bösewichte stets logen,
während die Ritter stets die Wahrheit vorzogen.
Nun geschah es, dass ein Spion ins Land einzog,
der nach seinem Vorteil die Wahrheit sagte oder log.
Eines Tages wurden drei Personen festgenommen
und in der Verhandlung vom Richter vernommen.
Die drei Personen waren bekannt
als Cyprian, Belafort und Aramant.
Einer war Spion, einer Ritter und einer Bösewicht.
Doch wer der Spion war, wusste der Richter nicht.
Belafort wurde beschuldigt von Aramant.
Von Belafort wurde Cyprian genannt.
Cyprian schließlich wies auf einen der ander'n beiden
und sprach: ‚Dieser ist der Spion und soll Strafe erleiden'.
Daraufhin wurde der Spion überführt.
Nun sage mir, wem von den Dreien Strafe gebührt."

Wen hältst du für den Spion?
Aramant, → **68**.
Belafort, → **79**.
Cyprian, → **86**.

374 Die Zeit vergeht schleppend. Eine Weile stehst du mit Sandrick an der Reling und betrachtest die vorüberziehende Landschaft. Dein Onkel und Sir Silan streichen vor Unruhe wie gefangene Wölfe herum, während Sir Bol und Sir Nokta in eine anregende Unterhaltung vertieft sind. Die Nacht verbringt ihr, in eure Decken gewickelt, an Deck. Du betrachtest die Sterne über dir und versuchst vergeblich, eine bequemere Stellung zu finden. Bestimmt hast du am nächsten Morgen überall blaue Flecke!

Die *Narnkönigin* erreicht Taros, die letzte Stadt vor der Grenze zu Kalhamar, um die Mittagszeit. Immerhin muss dein Onkel zugeben, dass ihr die Strecke auf dem Landweg auch nicht schneller bewältigt hättet.

Der Hafen liegt wie der von Kell außerhalb der Stadt. Vor den Toren stehen zwei Wachen in den dunkelblauen Uniformen Kamors und sehen euch gelangweilt entgegen. → **175**.

375 Kurz darauf zweigt rechts ein neuer Gang ab. Da er durch ein Fallgitter blockiert ist, geht ihr weiter geradeaus. → **211**.

376 „Nichts von hier den Kristall zerstört,
weil er nicht in deine Welt gehört.
In der Anderswelt erschaffen,
findest du nur dort die Waffen.
Das Tor erscheint bald hier, bald dort,
doch niemals zweimal am selben Ort.
Es öffnet sich wieder – hör, was ich sag' –

in den Hallen des Mon am fünften Tag!
Du musst Liors Hammer herüberbringen!
Er allein lässt den Kristall zerspringen.
Aus dem Schwarzen Turm, wo er ward bewacht,
haben ihn die beiden Druiden an sich gebracht.
Doch der Zeitpunkt der Rückkehr war vergangen
und so sind sie bis heute im Drüben gefangen."

Die Stimme verhallt und die Augen der Sphinx beginnen sich zu schließen.

„Warte!", rufst du. „Von welcher Welt sprichst du? Und wie lange bleibt das Tor offen?"

„Die Frage ist gestellt, gegeben die Antwort.
Gehe nun, Mensch, und verlasse diesen Ort."

Die Augen der Statue schließen sich endgültig.

„Deshalb hat man von Agathos und Epicharis nie eine Spur gefunden!", ruft Sandrick aus. „Sie sind immer noch in dieser Anderswelt!"

„Aber sie können unmöglich noch am Leben sein", sagt Sir Nokta. „Das alles ist dreihundert Jahre her. Und was soll das überhaupt für ein Hammer sein?"

„Soweit ich weiß, war Lior der Schmiedemeister der Götter", erklärt Sandrick. „Der Hammer muss besondere Kräfte besitzen. Auf jeden Fall stammt er aus derselben Welt wie der Schwarze Kristall."

„Einen Versucht ist es wert", sagst du. „In fünf Tagen in Mons Tempel – werden wir rechtzeitig dort sein, Sir Nokta?"

Der Ritter nickt. „Wir sollten das Tal von Kōs in etwa drei Tagen erreichen. Hoffen wir nur, dass es den anderen gelingt, Mogreb aufzuhalten."

Ihr verlasst das Orakel und macht euch an den Abstieg. Am Fuß der Treppe bereitet ihr euer Nachtlager. Dabei entdeckst du ein verrottetes Ledersäckchen, das halb unter einem Stein verborgen ist.

Möchtest du es öffnen, → **288**.

Lässt du das Säckchen, wo es ist, → **429**.

377 Rechts verbreitert sich der Stollen zu einer Abbaukammer. Vor euch erhellt eine Fackel schwach einen weiteren Tunnel. Die Kammer selbst ist in Dunkelheit getaucht.

Bist du im Besitz einer Fackel und Zunder, → **60**.

Hast du so etwas nicht, → **300**.

378 Vorsichtig ziehst du einen der silbernen Pfeile aus Sgars Köcher. Dabei achtest du darauf, die Statue nicht zu berühren.

Möchtest du jetzt versuchen, den Ring von Sgars Finger zu streifen, → **23**.

Verlasst ihr die Grabkammer, → **209**.

379 Du duckst dich unter dem Griff des Räubers weg und willst dich zur Seite rollen, doch er packt dich am Arm und zerrt dich hoch. Trotz deiner Gegenwehr zieht er dich zu sich heran und hält dir sein Messer an die Kehle. „Werft die Waffen weg oder das Mädchen stirbt!", brüllt er in den Kampflärm.

Zögernd lassen deine Gefährten einer nach dem anderen ihre Schwerter fallen. Die Räuber springen vor und sammeln die Waffen ein. Dich wie einen Schild vor sich haltend, geht der Anführer rückwärts durch die Tür. Er zwingt dich, vor ihm aufs Pferd zu steigen. Die Kiefer deines Onkels mahlen vor Grimm, als er tatenlos zusehen muss, wie die Räuber mit dir, euren Pferden sowie Waffen und Ausrüstung johlend in die Nacht reiten.

Du kannst dir lebhaft vorstellen, welches Schicksal dir blüht. Deine einzige Hoffnung ist es, dass es deinen Gefährten rechtzeitig gelingt, dich zu befreien.

Dein Abenteuer endet hier.

380 Der Gang mündet in einen Quergang. Geht ihr nach links, → **178**. Wendet ihr euch nach rechts, → **189**.

381 Du isst eines der Plätzchen. Hm, köstlich! Sofort fühlst du dich gestärkt und erholt. **Die Plätzchen enthalten Heilkräuter, die dir 2 Lebenspunkte zurückgeben.**
Möchtest du jetzt den Tee trinken, → **195**.
Willst du das nicht, → **150**.

382 Du verfehlst dein Ziel, weil die Kreatur im letzten Moment einen Schlenker fliegt.
Hast du noch mindestens einen Pfeil, → **346**.
War dies dein letzter Pfeil, → **82**.

383 Du hörst schlurfende Schritte. Der Ausgang am Ende der Treppe ist offen. Dahinter kannst du den Himmel sehen. Auf den Stufen stehen mehrere Kristallsklaven und schauen dich an. Auch wenn dir vor ihnen graust, beschließt du, dir ihre Ergebenheit zunutze zu machen.
„Kommt her!", rufst du ihnen zu. „Ich wünsche, dass ihr den Magier und die Ritter nach oben tragt."
Die Untoten führen deinen Befehl unverzüglich aus. Du folgst ihnen mit Sandrick die Treppe hinauf. Als du ins Freie trittst, schließt sich die Wand hinter dir mit leisem Knirschen.
Weißt du, wie du den Seelenfänger zerstören kannst, → **274**.
Weißt du das nicht, → **198**.

384 Wenig später kommt ihr rechts an einer Tür vorbei.

Möchtest du sie öffnen, → **225**.

Geht ihr weiter, → **25**.

385 Der Gang scheint parallel zum Hauptgang zu verlaufen. An der rechten Wand hängt eine vergoldete Schnitzerei, die Sgar zeigt, der auf einem geflügelten Löwen reitet. Dahinter liegt ein Hohlraum.

Möchtest du die Schnitzerei abnehmen, → **417**.

Geht ihr weiter, → **179**.

386 Das grüne Fläschchen enthält ein Universalgegengift. Du steckst es ein.

Wollt ihr jetzt die Truhe öffnen, → **362**.

Klettert ihr zurück nach oben, → **266**.

387 Tage vergehen, bis ihr den Stadtkommandanten endlich von eurer Unschuld überzeugen könnt. Doch zu diesem Zeitpunkt ist eure Mission bereits gescheitert. Deinem Onkel und den anderen ist es nicht gelungen, Mogreb aufzuhalten. Der Seelenfänger dient nun dem schwarzen Magier, der nach und nach die Westlichen Reiche unter seine Herrschaft zwingt.

Dein Abenteuer endet hier.

388 Glückwunsch, du hast das Rätsel gelöst! Du drehst die Scheiben, bis sie einrasten, und drückst den Smaragd nach innen. Der Deckel springt auf. In einem Samtsäckchen findest du einen ziselierten **goldenen Schlüssel**. Du steckst ihn und das Kästchen ein. Anschließend verlasst ihr die Höhle, → **139**.

389 Du kehrst zu den Gemächern zurück, die du mit deinem Onkel bewohnst, und beginnst, vor den hohen Fenstern auf und ab zu gehen. Es ist bereits dunkel, als dein Onkel endlich kommt. Er hat vorhin gemerkt, dass du den Brief gelesen hast, und kommt auf deinen fragenden Blick hin ohne Umschweife zur Sache. „Der König hält den Brief für eine leere Drohung. Er hat alles über den Schwarzen Kristall gelesen und sogar Karein selbst schreibt in seinen Aufzeichnungen, dass die Druiden ihn zerstört haben. Allerdings fehlt eine der Schriftrollen in der Bibliothek, die von den Geschehnissen nach dem Kampf berichtet. Wahrscheinlich hat Mogreb etwas damit zu tun, deshalb werde ich vorsichtshalber mit einigen Rittern nach Kōs aufbrechen. Wenn an der Geschichte des Magiers etwas Wahres sein sollte, ist er zweifellos auf dem Weg dorthin.“

Er verabschiedet sich von dir und bricht noch in derselben Nacht auf.

Die folgenden Tage vergehen quälend langsam. Auf Nachricht von deinem Onkel zu warten, setzt dir zu und du wanderst rastlos und ziellos im Schloss umher.

Drei Wochen später sitzt du wieder in der Großen Halle beim Abendessen, als plötzlich fassungslose Rufe laut werden. Dann die Stimme des Königs: „Mogreb! Wie könnt Ihr es wagen-"

Du lässt vor Schreck das Messer fallen. Im Türrahmen steht der Magier – eine dunkle, unheimlich leuchtende Kugel in Händen. Entsetzt willst du den Blick abwenden, aber es ist zu spät.

Leere breitet sich in dir aus. Dein ganzes Sein richtet sich auf den Kristall aus. Ihm wirst du dein weiteres Leben widmen. Fortan gehört dein Wille Mogreb. Ebenso wie der König und der Rest des Hofstaates bist du eine seelenlose Sklavin des Bösen geworden.

Dein Abenteuer endet hier.

390 Die Passage führt eine Weile geradeaus, schwenkt dann nach links und mündet bald darauf in einen Quergang. Hinter euch hört ihr lautes Rasseln. Als ihr herumfahrt, seht ihr, dass euch ein Fallgitter den Rückweg abgeschnitten hat.

„Hoffentlich sind wir auf dem richtigen Weg", murmelt Sandrick.

Geht ihr nach rechts, → **93**.

Wendet ihr euch nach links, → **163**.

391 Du läufst eine Weile durch den Wald, ohne eine Spur des Hexenhauses zu entdecken. Deine Hoffnung sinkt. So weit weg kann die Hütte nicht gewesen sein. Du solltest zurückgehen.

Vor dir öffnet sich eine Lichtung. Zwei grasende Rehe heben bei deinem Anblick den Kopf und springen in den Wald davon.

Am westlichen Rand der Lichtung schlängelt sich ein kleiner Bachlauf durchs hohe Gras. Im Osten ragt eine dichte Brombeerhecke auf, die voller reifer Früchte hängt.

Gehst du zum Bachlauf, → **80**.

Schaust du dir die Brombeerhecke genauer an, → **368**.

Verlässt du die Lichtung, → **138**.

392 In Windeseile holst du die Amphore hervor und brichst das Siegel auf. Du atmest einmal tief durch und rufst dann: „Ghora, tu watha!"

Aus dem Gefäß quillt weißer Rauch, der sich innerhalb von Sekunden zu bewaffneten Kriegern verdichtet, die sich den untoten Kristallsklaven entgegenstellen. Ihr wartet das weitere Geschehen nicht ab, sondern verlasst den Kampfplatz, so schnell ihr könnt. Erst als ihr ein gutes Stück von den Felsen entfernt seid, wagt ihr es, eure Pferde zu zügeln.

„Potztausend, Thayet, eine schlagkräftige Waffe habt Ihr da!", schnauft Sir Bol anerkennend.

„Die Dschinnkrieger dürften die Kristallsklaven eine Weile beschäftigen", sagst du, vor Erleichterung grinsend.

→ **337**.

393 Kurze Zeit später wendet sich der Gang nach links. Bald darauf zweigt rechts ein Stollen ab.

Geht ihr weiter geradeaus, → **64**.

Folgt ihr dem abzweigenden Tunnel, → **377**.

394 Wenig später gelangt ihr erneut an eine Gabelung.

Wählt ihr den rechten Weg, → **371**.

Geht ihr weiter geradeaus, → **236**.

395 Zu deinem Pech tragen die Platten dein Gewicht nicht. Du fällst durch den Boden und landest unsanft einige Meter tiefer in einem Haufen zerbrochener Steinplatten. **Du verlierst 2 Lebenspunkte.** Stöhnend rappelst du dich auf.

Sandrick und die beiden Ritter haben es irgendwie geschafft, sicheren Boden zu erreichen.

„Thayet? Alles in Ordnung mit dir?", ruft der Zauberlehrling besorgt.

„Ja, nichts passiert!", beruhigst du ihn.

Doch was jetzt? Das Loch über dir ist zu weit entfernt, um es mit den Händen zu erreichen.

Besitzt du ein Seil, → **70**.

Wenn nicht, → **309**.

396 Wo willst du mit deiner Suche fortfahren?

Beim Schreibtisch, → **241**.

Bei den Regalen, → **294**.

Beim Tisch in der Mitte, → **287**.

Beim Kamin, → **193**.

Gehst du zurück in dein Zimmer, um auf deinen Onkel zu warten, → **389**.

397 Ihr kehrt zur Nördlichen Handelsstraße zurück, die wenig später in die Südliche Handelsstraße übergeht. Das Gauklerfest ist zu dieser frühen Stunde noch nicht in vollem Gange, aber an mehreren Stellen haben sich bereits Schaulustige versammelt, die den verschiedenen Darbietungen zusehen. Dazwischen preisen Händler lautstark ihre Waren an. Schließlich endet die Straße am Großen Südtor. Die Wächter sehen euch neugierig nach, als ihr durch die mächtigen Torflügel reitet.

Am frühen Vormittag gelangt ihr an die Abzweigung nach Taros. Bald darauf führt die Straße durch einen dichten Nadelwald. Zwischen den hohen Tannen wird es rasch dunkler. Ihr werdet es heute nicht mehr bis Taros schaffen. Als der Weg an einer Lichtung vorbeiführt, gibt dein Onkel das Signal zum Halten. Inmitten hoher Gräser schlagt ihr euer Lager auf. Du bist todmüde und froh, dass dich dein Onkel nicht zur Nachtwache eingeteilt hat.

Möchtest du dich einfach ins Gras legen, → **130**.

Lässt du dich in einem Haufen Kiefernnadeln nieder, → **366**.

398 Falls ihr noch nicht in dem schmalen Quergang wart, biegt ihr dort ein (→ **291**). Andernfalls geht ihr daran vorbei (→ **24**).

399 Du kehrst zum Treffpunkt zurück und berichtest den anderen von deiner Entdeckung.

„Das ist mächtige Magie", sagt Sandrick ehrfürchtig. „Gut, dass du nicht allein zur Hütte gegangen bist."

„Beeilen wir uns", sagt Sir Nokta. „Ehe die Hütte wieder verschwindet."

Du führst die anderen zur Lichtung. Zum Glück hast du den Durchlass in der Brombeerhecke markiert. Nacheinander quetscht ihr euch hindurch.

Die Tür der Hütte steht einen Spalt offen, doch es ist niemand zu sehen. Als ihr vorsichtig näher geht, kommt das kleine Mädchen um das Haus herumgelaufen, in der Hand einen Strauß Wildblumen.

„Oma, schau, was ich–!" Sie hält inne und sieht euch furchtsam an.

„Du brauchst keine Angst zu haben, Rena", sagst du freundlich.

Hinter euch erklingt meckerndes Gelächter. Erschrocken fährst du herum. In der Tür steht die Hexe, das Gesicht zu einer Fratze verzogen. Sie hebt den Arm, doch Sir Nokta ist schneller. Er packt ihr Handgelenk und verdreht es. Mit einem Schmerzlaut öffnet sie die Hand. Ein glitzerndes Pulver rinnt über sie. Heulend versucht sie, es abzuschütteln, aber es bleibt an ihrer Kleidung haften. Wie gebannt beobachtet ihr, wie die Beine der alten Frau zusammenwachsen und Wurzeln schlagen. Ihre Arme werden länger und verzweigen sich. Bald steht ein weiterer Baum auf der Wiese.

„Geschieht der alten Hexe recht", grollt Sir Nokta. „Schaut euch all diese Bäume an! Wurde Zeit, dass ihr jemand das Handwerk legt."

Das kleine Mädchen beginnt zu weinen. „Oma, Oma, was machst du da?" Wimmernd umarmt sie den Baum.

Behutsam hebst du sie hoch. „Sie war nicht deine Oma, Rena. Sie war eine böse alte Frau, die dich von deinen Eltern weggeholt hat. Möchtest du nicht wieder nach Hause zu Mama und Papa?"

Deine Worte scheinen eine Erinnerung auszulösen, denn ihr Schluchzen wird leiser und verebbt schließlich. Sie nickt zaghaft und lehnt müde ihren Kopf an deine Schulter.

Am späten Abend kommt ihr wieder bei Karoms Haus an. Er reißt die Tür auf, als hätte er die ganze Zeit dahinter gewartet.

„Nerla, Nerla, Rena ist wieder da!"

Zögernd tritt seine Frau hinter ihm aus dem Haus. Als sie das kleine Mädchen sieht, tritt ein Strahlen auf ihr Gesicht und sie drückt ihre Tochter fest an sich. Freudentränen laufen ihr über die Wangen.

Karom verbeugt sich tief. „Wie kann ich je wiedergutmachen, was Ihr für uns getan habt?"

Sir Nokta winkt ab. „Du brauchst uns nicht zu danken. Aber wenn wir noch einmal auf das Amulett zurückkommen könnten …"

Nerla hört euch aufmerksam zu und schlägt vor Entsetzen die Hände über dem Kopf zusammen. Sie lässt Rena bei ihrem Mann und eilt ins Haus. Kurz darauf kehrt sie mit einer Kette zurück, an der ein durchscheinender Anhänger hängt, wie du ihn bei Agoros gesehen hast. Sie betrachtet ihn verwundert, als sähe sie ihn zum ersten Mal.

„Ich hätte mir nie träumen lassen, dass der Anhänger solch ein mächtiger Schutz ist. Er ist so unscheinbar." Sie streicht mit dem Finger über die glatte Oberfläche. „Nachdem ich die Kette von meiner Mutter geerbt hatte, habe ich sie in einen Kasten gepackt und vergessen. Ich hielt sie immer nur für ein seltsames Schmuckstück." Sie reicht dir das Amulett. „Nehmt es! Ich hoffe, es beschützt Euch."

„Ich danke dir." Du hängst dir die Kette um den Hals und lässt den Anhänger unter deine Bluse gleiten, so dass er nicht mehr zu sehen ist.

Nerla und Karom laden euch ein, die Nacht in ihrem Haus zu verbringen, und ihr nehmt gerne an. Am nächsten Morgen brecht ihr zeitig auf, begleitet von den guten Wünschen der Beiden. → **51**.

400 An die Kammer schließt sich ein kurzer Gang an, der nach links abknickt und in einen quadratischen Raum mündet. Wandreliefs zeigen Szenen mit Wildschweinen. In der hinteren linken Ecke steht die silberne Statue eines Keilers.

„Weiter!", treibt Mogreb euch an.

Sobald du einen Fuß in den Raum setzt, erwacht der Keiler zum Leben. Schnaubend kommt er auf euch zu, den Kopf zum Angriff gesenkt. Hinter euch schieben sich die Wände zusammen und verschließen den Ausgang.

Hastig spannst du deinen Bogen.

Möchtest du einen silbernen Pfeil abschießen, → **249**.

Kannst oder willst du das nicht und nimmst stattdessen einen gewöhnlichen Pfeil, → **156**.

Hast du keine Pfeile mehr, → **39**.

401

Du hältst den Ring hoch über den Kopf. „Erkennt ihr diesen Ring? Wir sind gekommen, uns dem Dunklen Magier anzuschließen! Sagt uns, wo wir ihn finden können!"

Die Kristallsklaven bleiben stehen und mustern den Ring ausdruckslos. Schließlich tritt einer von ihnen vor. Beim Anblick seiner toten Augen läuft es dir kalt den Rücken hinunter, doch du weichst nicht zurück. Schweigend deutet er auf die große Bronzetür.

Verfolgt von den Blicken der Untoten geht ihr zum Eingang des Labyrinths. → **155**.

402 Ihr werft gemeinsam einen Blick auf den Plan. **Notiere dir diese Station, damit du die Karte später erneut zu Rate ziehen kannst.**

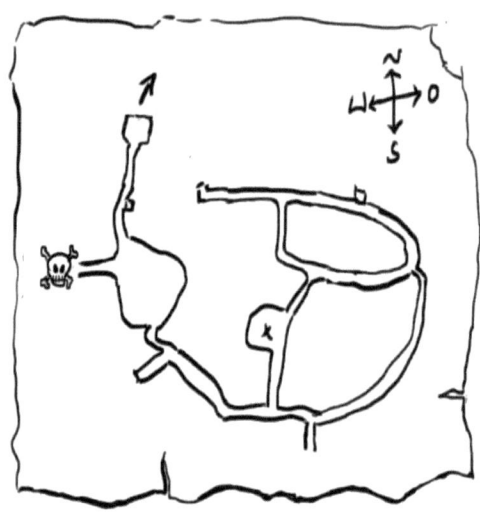

Nachdem ihr euch orientiert habt, verlasst ihr die Höhle über den
südlichen Gang, → **162**,
nördlichen Gang, → **358**.

403 Die Augen der beiden Pferde, auf denen Sgar und Itah reiten, sehen seltsam aus.
Willst du das Auge von Sgars Pferd nach innen drücken, → **296**.
Probierst du es bei Itahs Pferd, → **427**.
Wendest du dich stattdessen Sgars Statue zu, → **229**.
Wendest du dich Itahs Statue zu, → **201**.

404 Aus welcher der beiden Quellen möchtest du trinken?
Aus der linken, → **169**.
Aus der rechten, → **242**.

405 Zum Glück liegen dein Bogen und der Köcher in Reichweite. Du schießt einen Pfeil in eine der Ranken, doch das zeigt nicht die geringste Wirkung. Eine andere hat sich mittlerweile so fest um deine Mitte gewickelt, dass du kaum noch Luft bekommst. **Du verlierst 1 Lebenspunkt.**
Du musst dir rasch etwas anderes einfallen lassen. → **31**.

406 Agathos runzelt die Stirn. „Diese Symbole kenne ich nicht. Das muss eine sehr alte Sprache sein."
Epicharis legt dir eine Hand auf den Arm. „Dann bleibt uns nur eine Möglichkeit. Ihr müsst Euch das Tor vorstellen, durch das ihr gekommen seid, Thayet."
Entscheide dich, ohne vorher nachzusehen, ob du zu Station **32** oder **184** gehen willst, und lies dort weiter.

407 Als du den Tonkrug in die Schale leeren willst, musst du feststellen, dass er undicht war und das ganze Wasser ausgelaufen ist. Euch bleibt nichts anderes übrig, als es mit eurem Trinkwasser zu versuchen. → **320**.

408 Du willst es mit einer neuen Kombination probieren, aber die Scheiben lassen sich nicht mehr drehen. Offenbar hat dein letzter Fehlschlag eine Sperre ausgelöst.

Die Kristallsklaven rücken näher und umringen euch. Eine Weile könnt ihr sie in Schach halten, doch irgendwann erlahmen eure Kräfte. Eure Mission ist gescheitert und Mogrebs Triumph nicht mehr aufzuhalten.

Dein Abenteuer endet hier.

409 Du kramst das Geld aus deinem Beutel und gibst es der Wahrsagerin (**streiche 1 Talent aus deinem Protokoll**). Sie nickt lächelnd und dreht deine linke Handfläche nach oben. Aufmerksam betrachtet sie die Linien und fährt sie mit dem Zeigefinger nach. Ein erschrockener Ausdruck huscht über ihr Gesicht.

„Ich sehe große Gefahren auf Euch zukommen!" Sie schweigt einen Moment, als lausche sie nach innen. „Euch ist in einem großen Spiel eine bedeutende Rolle zugedacht. Doch ich kann die Ereignisse nur verschwommen sehen. Wenn Ihr mehr erfahren wollt, müsst Ihr dem Gesicht folgen, das nach Osten blickt." Sie drückt deine Hand. „Geht jetzt! Ich wünsche Euch Glück."

Aufgewühlt galoppierst du hinter deinen Gefährten her. Am liebsten würdest du die Worte der Wahrsagerin als Hokuspokus abtun, aber was, wenn ihre Weissagung wahr ist? Eine bedeutende Rolle in einem großen Spiel? Du beschließt, unterwegs auf alle Fälle die Augen offen zu halten, auch wenn du keine Ahnung hast, nach wessen Gesicht du Ausschau halten sollst.

Dein Onkel ist verärgert, dass du die Gruppe aufgehalten hast, und treibt euch zur Eile an. Sandrick lenkt sein Pferd neben dich und fragt neugierig, was die Wahrsagerin dir erzählt hat, doch du schüttelst nur leicht den Kopf. Du willst dich nicht dem Spott der Ritter aussetzen. → **263**.

410 Du springst auf die nächste Platte. Aus der Wand zischt ein kleiner Pfeil und bohrt sich in deine Schulter. **Ziehe dir 1 Lebenspunkt ab!** Offenbar war dies die falsche Wahl! Du hast das Gefühl, dass es jetzt nicht mehr darauf ankommt. Mit großen Sätzen springst du über die Platten. Überall schießen jetzt Pfeile aus der Wand! **Du verlierst 2 weitere Lebenspunkte.** Endlich erreichst du sicheren Boden.

„Aber meine Liebe", hörst du Mogrebs hämische Stimme hinter dir, „ich habe dich für klüger gehalten. Es ist doch eindeutig, in welcher Reihenfolge die Platten zu betreten sind."

Du kochst vor Wut. Er kannte die richtige Reihenfolge und hat dich in die Falle laufen lassen!

Unbeschadet überquert der Magier das Muster, gefolgt von Sandrick. → **400**.

411 Dein Schrei erschreckt den Dieb derart, dass er deine Tasche fallen lässt und aus dem Zimmer stürzt. Als du deine Sachen durchsuchst, musst du feststellen, dass der Mann deine Börse gestohlen hat. Glücklicherweise fehlt sonst aber nichts. (**Streiche dein gesamtes Geld aus dem Protokoll.**) Von dem Lärm aufgeschreckt, stürmt dein Onkel ins Zimmer – halb angezogen, das Schwert in der Hand. Du beruhigst ihn, dass dir nichts geschehen sei, aber er besteht darauf, bis zum Morgen vor deiner Tür wachezuhalten, da das Schloss Eindringlinge offenbar nicht abhalten kann. Am nächsten Tag ist keiner von euch ausgeschlafen. → **154**.

412 Bald bricht die Nacht herein. Ohne Mondschein ist es stockfinster, doch da ihr die Räuber nicht auf euch aufmerksam machen wollt, erhellt Agoros die Dunkelheit nur von Zeit zu Zeit mit seinem Stab, damit ihr die Straße nicht verliert. Einmal vernehmt ihr durch das Prasseln des Regens entferntes Hufgetrappel und abgehackte Rufe und haltet an, bis die Geräusche verklingen. Der Wind wird immer stärker und erschwert das Fortkommen. Bei einer in einer kleinen Senke gelegenen Baumgruppe lässt dein Onkel schließlich halten. Hier seid ihr vor Wind und Regen notdürftig geschützt, doch du verbringst eine ungemütliche Nacht.

Am Morgen lässt der Regen endlich nach. Du zitterst vor Kälte und fühlst dich müde und zerschlagen, weil du in der Nacht kaum geschlafen hast. Sobald es hell wird, reitet ihr weiter. Am frühen Vormittag erreicht ihr die Els, den Grenzfluss zwischen Kamor und Kalhamar. → **317**.

413 Du legst deine Gabe in die Hände des Gottes (**streiche sie aus deinem Protokoll**). Er lässt euch unbehelligt passieren. → **295**.

414 Der Weg knickt nach rechts ab. Unmittelbar darauf gelangt ihr an eine Tür, die weder Klinke noch Schlüsselloch besitzt. Aus der linken Wand ragen zwei Hebel.

Zieht ihr den linken Hebel, → **228**.

Entscheidet ihr euch für den rechten, → **344**.

Ihr könnt auch zur Kreuzung zurückkehren und dort entweder geradeaus gehen (→ **194**) oder in den linken Gang abbiegen (→ **245**).

415 Nichts geschieht. Entschlossen startest du einen neuen Versuch (→ **145**).

War dies dein dritter Anlauf, → **408**.

416 Du bist zu stolz, um deinen Onkel zu fragen, ob die Preise angemessen sind, und legst das Geld auf den Tisch (vergiss nicht, die Münzen aus deinem Protokoll zu streichen). Beim Hinausgehen siehst du, wie sich der Schmied zufrieden die Hände reibt, und fragst dich, ob er dich nicht doch übers Ohr gehauen hat. → **69**.

417 Vorsichtig nimmst du die Schnitzerei von der Wand. In der Nische stehen zwei kleine, verkorkte Tonkrüge.
Möchtest du den linken Krug öffnen, → **247**.
Öffnest du den rechten, → **78**.
Geht ihr weiter, → **179**.

418 Von Itahs Tempel stehen nur noch Reste der Außenmauern. Wie gefällte Bäume liegen die Säulen der Innenhalle auf dem Boden, gesprungen und bemoost. Im Laufe der Jahrhunderte hat sich die Natur ihr Terrain zurückerobert. Die Trümmer sind von Schlingpflanzen und Wurzeln so überwuchert, dass du dir den Weg frei schlagen müsstest, wenn du weiter vordringen wolltest. Doch hier scheint es nichts zu geben, was die Mühe wert wäre.
Als du zurücktrittst, stolperst du über etwas. Neugierig bückst du dich und entdeckst eine kleine goldene Götterfigur, die halb in der Erde steckt. Du gräbst sie aus und reibst mit deinem Umhang den Schmutz ab. Es ist eine Statuette Itahs. Auf dem Sockel trägt sie einige Schriftzeichen, die du aber nicht entziffern kannst.

Du steckst die Figur in deine Tasche und gesellst dich wieder zu den anderen.

Wohin wollt ihr jetzt gehen?

Zu Sgars Tempel, → **206**.

Zu Mons Tempel, → **237**.

419 Dir kommt eine Idee. Aufgeregt holst du das angekohlte Pergamentfragment hervor und breitest es auf dem Schreibtisch aus. Dann legst du die Platte auf den Text und schiebst sie vorsichtig hin und her. → **275**.

420 Neugierig kommen die Wächter näher.

„Na schön, aber sei gewarnt, Zauberer: keine faulen Tricks! Und wir wollen erst etwas sehen, bevor wir euch das Bier geben."

Sandrick lässt ein paar leuchtende Bälle entstehen und sie um die Gitterstäbe kreisen.

Die Wächter lachen und klatschen Beifall. „Abgemacht, hier ist der Krug! Aber lasst noch etwas übrig!"

Ihr tut so, als würdet ihr jeder ein paar Schlucke trinken. Bevor du den Bierkrug zurückgibst, lässt du unauffällig etwas von dem Kraut hineinfallen, das unter dem Schaum nicht zu sehen ist.

Ihr wartet eine Weile.

„Bei Sgar, muss kurz eingenickt sein", sagt einer der Wächter gähnend. „Wer ist an der Reihe?"

„Haben wir überhaupt Karten gespielt?", fragt der Zweite verwirrt. „In meinem Kopf dreht sich alles."

„He!", rufst du laut. „Ihr solltet uns doch zum Hauptmann bringen! Habt ihr das etwa vergessen?"

Der dritte Wächter runzelt die Stirn. „Hauptmann? Welcher Hauptmann?"

„An eurer Stelle würde ich nicht so herumtrödeln", sagst du. „Euer Hauptmann kann verdammt ungemütlich werden. Das haben wir vorhin am eigenen Leib erfahren."

Die Wachen sehen sich unbehaglich an.

„Die Schlüssel hängen da drüben am Haken", schaltet sich Sandrick hilfsbereit ein.

Endlich schließt einer der Männer eure Zellentür auf. Es fällt den beiden Rittern nicht schwer, die benebelten Wachen zu überwältigen.

„Interessantes Kraut", sagt Sir Bol grinsend. „Wo habt ihr es her?"

„Erzähle ich dir später, Bol", vertröstet ihn Sir Nokta.

Die Ritter nehmen ihre Sachen wieder an sich und kleiden sich in die Umhänge und Helme der Wächter. Bei einem der Männer findest du **3 Teshrah**, die du kurzerhand einsteckst. Mit gezogenen Waffen steigt ihr die Treppe hinauf. Doch ihr habt Glück, niemand kreuzt euren Weg. Du und Sandrick wartet hinter der Mauer, während die beiden Ritter zu den Torwächtern schlendern.

„Der Hauptmann sagt, wir sollen euch ablösen", brummt Sir Nokta.

„Wird aber auch Zeit, was, Belk?"

Du hältst den Atem an, als die beiden Wächter an euch vorbei zur Kommandantur gehen, aber sie bemerken euch nicht. Rasch folgt ihr Sir Nokta und Sir Bol durch das Tor. Ihr biegt in eine Seitengasse ein und wartet in einer Taverne darauf, dass die Stadttore geöffnet werden. → **128**.

421 Sandrick drückt das Ornament nach innen. Sir Bol gibt einen erstickten Laut von sich. Aus den Wänden schieben sich lange Eisenstacheln. Gleich werdet ihr aufgespießt!

Welches Ornament wollt ihr jetzt probieren?

92   121   8

422 Die Bibliothek liegt im obersten Stockwerk des Westflügels. An den Wänden stehen hohe Regale mit Schriftrollen, Landkarten und einigen kostbaren, kunstfertig illustrierten Büchern. Die beiden Fenster bilden kleine Erker, und auf den Fensterbänken liegen dicke, bestickte Kissen, auf denen du schon so manche gemütliche Stunde mit Lesen verbracht hast. Nach kurzem Suchen findest du einige Werke mit Abhandlungen über das Dunkle Zeitalter und die Schwarzen Druiden. In Windeseile überfliegst du die Schriften auf der Suche nach einem Hinweis. Dabei erfährst du mehr über die Zufluchtsstätte der Schwarzen Druiden in Kōs. Die Tempelanlage diente der Verehrung der Götter Sgar, Itah und Mon, bevor sie einem Erdbeben zum Opfer fiel und verlassen wurde. Als König Karein, ein Vorfahre Amrars, hundert Jahre später die Schwarzen Druiden aus Kamor vertrieb, zogen sie sich nach Kōs zurück, und im Tempel Mons, des Dunklen, erschuf Tulmar den Seelenfänger. Dem Verfasser zufolge wurde dieser am Ende des Kampfes, bei dem Tulmar ums Leben kam, zerstört. Ein Fach weiter findest du einige Schriftrollen, in denen Karein selbst von seinem letzten Kampf gegen Tulmar im Tempel von Kōs berichtet. Dabei fällt dir auf, dass die Rolle, die von den Geschehnissen nach dem Kampf berichtet, fehlt. Du bist sicher, dass sie Informationen über den Schwarzen Kristall enthielt und Mogreb sie deshalb mitgenommen hat.

Aus einem Regal auf der anderen Seite des Raumes holst du dir eine Karte der Westlichen Reiche, auf der die Ebene von Kōs eingezeichnet ist, um sie später zu studieren (du findest sie vorne im Buch).

Willst du jetzt Mogrebs Gemächer unter die Lupe nehmen,
→ **319**.
Möchtest du in dein Zimmer zurückkehren und auf deinen
Onkel warten, → **389**.

423 Nach Sir Nokta und Sandrick rennst du los, doch du hast dich verschätzt. Als die Platten erneut zusammenschlagen, zerschmettern sie dir die Knochen.
Dein Abenteuer endet hier.

424 Ihr kommt durch eine lang gestreckte niedrige Grabkammer, deren Wände mit Darstellungen Mons bemalt sind. Offenbar wurden hier seine Priester bestattet. Doch viele der Nischen sind leer und überall liegen Fetzen von Grabtüchern verstreut.
Kurz darauf endet der Gang an einem Fallgitter. Da ihr es von dieser Seite nicht öffnen könnt, bleibt euch nichts anderes übrig als umzukehren. Erst jetzt fällt euch ein großes Loch in der Decke auf, aus dem euch Dunkelheit entgegen gähnt. Vom Boden aus ist es jedoch nicht zu erreichen und du spürst auch keine Neigung, die Finsternis dahinter zu erkunden.
Zurück an der Kreuzung könnt ihr entweder den linken Weg wählen (→ **342**) oder geradeaus gehen (→ **248**).

425 „Du triffst den Magier in den Tempelhallen hinter der Goldtür, vor den letzten Fallen.
Sieh dich vor, er will dich zu seiner Sklavin machen,

und aus diesem Zustand gibt es kein Erwachen.
Nur wenn du das Amulett trägst, kann es dir gelingen,
dich zu retten und den dunklen Magier zu bezwingen.
Was er erwartet, musst du sein –
für kurze Zeit und nur zum Schein.
Nutze seine nachlassende Wachsamkeit
und mach dich zum tödlichen Streich bereit."

Die Stimme verhallt und die Augen der Sphinx beginnen sich zu schließen.
„Warte!", rufst du. „Was meinst du damit, ich soll sein, was Mogreb erwartet?"

„Die Frage ist gestellt, gegeben die Antwort.
Gehe nun, Mensch, und verlasse diesen Ort."

Die Augen der Sphinx schließen sich endgültig.
„Verworrenes Zeug", brummt Sir Nokta missmutig. Dann weiten sich seine Augen. „Bei Sgar!", ruft er erschrocken. „Das hieße, dass unsere Gefährten Mogreb nicht rechtzeitig einholen konnten und er den Schwarzen Kristall gefunden hat!"
„Lasst uns aufbrechen!", drängt Sandrick. „Wir müssen ihnen helfen!"
Ihr verlasst das Orakel und macht euch an den Abstieg. Am Fuß der Treppe bereitet ihr euer Nachtlager. Dabei entdeckst du ein verrottetes Ledersäckchen, das halb unter einem Stein verborgen ist.
Möchtest du es öffnen, → **288**.
Lässt du das Säckchen, wo es ist, → **429**.

426 Vorsichtig folgst du den Rittern ins Wasser, das dir bis knapp zur Taille reicht. Es fühlt sich schleimig an und saugt an der Haut. Mehrmals rutschst du auf dem glitschigen Untergrund aus.

„Ich hoffe, es gibt hier keine Wasserschlangen", murmelt Sandrick und jagt dir damit einen zusätzlichen Schreck ein.

Als du endlich wieder auf trockenem Grund stehst, stellst du fest, dass an deinen Armen lauter schwarze Egel haften. Du schüttelst dich vor Ekel und pflückst sie ab, so schnell du kannst. Deinen Gefährten ergeht es nicht besser. Fluchend wirft Sir Bol eines der fingerlangen Biester auf den Boden und zertritt es unter seinem Stiefel.

Endlich hast du alle Egel abgezogen. Deine Haut ist feuerrot und brennt entsetzlich. Während du Sandrick hilfst, die restlichen Egel loszuwerden, ergreift dich auf einmal ein heftiges Zittern und du musst dich an die Wand lehnen. Mogrebs Neffe sinkt stöhnend zu Boden. Sein ganzer Körper wird von Krämpfen geschüttelt. Die Egel müssen irgendein Gift abgesondert haben.

Besitzt du ein Gegengift, → **314**.

Wenn nicht, → **81**.

427 Du drückst das Auge nach innen. Lautes Rumpeln lässt dich herumfahren. Die Wand gegenüber dem Gang versinkt im Boden. Dahinter siehst du in einiger Entfernung die Halle, in der ihr den Kampf gegen Mogreb verloren habt.

Der Magier kichert zufrieden. „Ich wusste doch, dass du zu etwas nütze bist."

Möchtest du jetzt das Auge von Sgars Pferd nach innen drücken, → **296**.

Wendest du dich der Statue Sgars zu, → **229**.

Schaust du dir Itahs Statue näher an, → **201**.

428 Du windest dich in Krämpfen auf dem Boden, während deine Gefährten verzweifelt nach einer Möglichkeit suchen, dir zu helfen. Doch dein Körper ist nicht stark genug, um das Gift zu verarbeiten.

Dein Abenteuer endet hier.

429 Die Nacht vergeht friedlich. Am nächsten Morgen setzt ihr euren Weg in südlicher Richtung fort. → **187**.

430 Wohlbehalten langt ihr im Hauptraum von Mons Tempel an. Doch du kannst weder deine Gefährten noch die Kristallsklaven sehen. Dein Magen zieht sich zusammen. Wie viel Zeit ist seit deinem Aufbruch vergangen?

Dann hörst du draußen Stimmen. Du stürzt zum Eingang und blinzelst in helles Sonnenlicht. Die Ritter und Agoros stehen vor dem Tempel und diskutieren lautstark. Die Kristallsklaven beobachten sie aus einiger Entfernung.

Wilde Freude steigt in dir auf. „Onkel Beren!"

Dein Onkel fährt herum. „Thayet?" Er schließt dich in die Arme. „Ich hatte die Hoffnung schon fast aufgegeben."

Sir Bol grinst breit. „Euer Onkel wollte mir nicht glauben, dass man Euch nicht so leicht unterkriegen kann."

Selbst Sir Nokta lässt seine gewohnte Zurückhaltung fallen und schlägt dir auf die Schulter. „Ich nehme an, Ihr wart wiederum erfolgreich."

Du nickst und drehst dich um. Hinter dir treten Agathos und Epicharis aus dem Tempel.

Sir Bol bleibt der Mund offenstehen. „Sind das-?"

„Ja, wir sind es." Epicharis sieht sich lächelnd um. „Wie schön, wieder in unserer Welt zu sein, und sei es an diesem unseligen Ort."

Agathos legt dir eine Hand auf den Arm. „Unsere Rückkehr verdanken wir allein dieser furchtlosen jungen Dame."

Agoros räuspert sich. „Ich würde sagen, wir alle verdanken ihr unser Leben."

Verlegen wehrst du den Dank deiner Gefährten ab. Dein Blick fällt auf Sandrick, der abseitssteht und stumm vor sich hinstarrt. Du gehst zu ihm hinüber und ziehst ihn in eure Mitte.

„Etwas bleibt noch zu tun", sagst du leise.

„Thayet hat Recht." Aus den Falten seines Gewandes zaubert Agathos einen dunklen Hammer hervor, dessen prunkvoller Kopf silbrig schimmert.

„Liors Hammer", flüsterst du ehrfürchtig. Du holst den Kristall aus deiner Tasche, darauf bedacht, dass das Tuch nicht verrutscht, und legst ihn auf den Boden.

Die anderen treten instinktiv zurück, hin und her gerissen zwischen Neugier und Vorsicht.

Agathos reicht dir den Hammer. „Ich denke, Euch gebührt das Recht, den Seelenfänger zu zerstören."

Liors Hammer fühlt sich warm an, geradezu lebendig. Du holst tief Luft und lässt ihn mit deiner ganzen Kraft auf die Kristallkugel niedersausen. Ein Vibrieren läuft durch deine Arme. Deine Ohren sind erfüllt von unbeschreiblichem Kreischen, das deine Haare zu Berge stehen lässt. Es klingt wie ein Todesschrei.

Das Kreischen verebbt. Das Tuch fällt über einem Haufen Splitter in sich zusammen. Ungeheure Erleichterung durchströmt dich. Aufatmend lässt du den Hammer fallen.

„Seht nur!", ruft Sir Bol. „Die Kristallsklaven!"

Die Untoten beginnen zu wanken und einer nach dem anderen in sich zusammenzufallen.

Auch Sandrick schwankt leicht. Furcht durchzuckt dich, doch der Zauberlehrling blinzelt und schüttelt benommen den Kopf, als würde er aus einem Traum erwachen. „Was, was ist passiert?"

Du stößt einen Freudenschrei aus und fällst ihm um den Hals. „Es ist vorbei, Sandrick! Mogreb ist tot und der Seelenfänger zerstört!"

Seine Augen weiten sich in ungläubigem Erstaunen. Natürlich will er unbedingt wissen, was passiert ist. Nachdem du einmal angefangen hast, gibt es kein Halten mehr. Die Erlebnisse sprudeln förmlich aus dir heraus und dann beginnen deine Gefährten, Fragen zu stellen, und du willst umgekehrt wissen, wie es den anderen ergangen ist.

Bald redet ihr alle wild durcheinander. Erst spät am Abend ist eure allseitige Wissbegierde so weit gestillt, dass ihr euch zur Ruhe begeben könnt. Am nächsten Morgen brecht ihr frohgemut zur Heimreise auf.

Herzlichen Glückwunsch, du hast dein Abenteuer zu einem erfolgreichen Abschluss gebracht und die Bewohner Lerodas vor einem grausamen Schicksal bewahrt! Der Dank des Königs ist dir gewiss!

ÜBER DIE AUTORIN

Patricia Strunk, Jahrgang 1971, lebt in Berlin und arbeitet als freie Rechtsdozentin und Kulturvermittlerin. Seit jeher faszinieren sie fremde Welten, und so fühlt sich die Autorin vorrangig in der fantastischen Literatur zu Hause. Bislang hat sie fünf Romane sowie mehrere Kurzgeschichten und Gedichte veröffentlicht.

In ihrer Freizeit hantiert die Autorin gern mit Schaufel und Schere im Garten oder reist durch die Weltgeschichte.

Sie ist Mitglied im Selfpublisher-Verband und bei Qindie.

www.patriciastrunk.com

LÖSUNGEN DER RÄTSEL IM BUCH

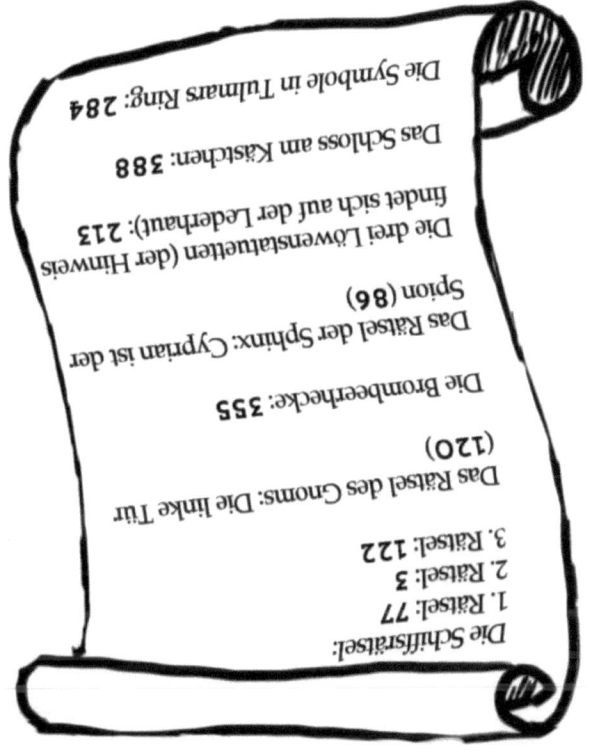

Die Symbole in Tulmars Ring: 284

Das Schloss am Kästchen: 388

Die drei Löwenstatuetten (der Hinweis
findet sich auf der Lederhaut): 213

Das Rätsel der Sphinx: Cyprian ist der
Spion (86)

Die Brombeerhecke: 355

Das Rätsel des Gnoms: Die linke Tür
(120)

3. Rätsel: 122
2. Rätsel: 3
1. Rätsel: 77
Die Schiffsrätsel:

Falls sich bei den Verweisen trotz sorgfältiger Überprüfung ein Fehler
eingeschlichen haben sollte, schreib mir über www.patriciastrunk.com!

WEITERE BÜCHER DER AUTORIN

NIXENHERZ

Einst stahl ein König ihr Herz und ihre Magie und verdammte sie zum Tod. Jetzt ist die Flussnixe Yrssa zurückgekehrt, um sich zu holen, was ihr gehört. Doch der undurchschaubare Sohn ihres Widersachers kommt ihr immer wieder in die Quere. Und er ist nicht der einzige.

Eine märchenhafte Geschichte um verratenes Vertrauen, Rache und eine Liebe über den Tod hinaus.

„Extrem fesselnde und spannende Geschichte!" Pharmacist auf Amazon.de

INAGI

Tödliche Kristalle. Blitzspeiende Drachen. Doch von der größten Gefahr ahnen sie nichts.

Eine epische Fantasy-Trilogie um Ausbeutung, die Angst vor dem Fremden und eine mutige junge Frau, die für die Zukunft ihrer Heimat alles aufs Spiel setzt.

„Ein rundum gelungener Fantasyroman." Bücherbaby auf Leserkanone.de

„Großartig; ganz großer Lesegenuss." Kurrer auf Amazon.de